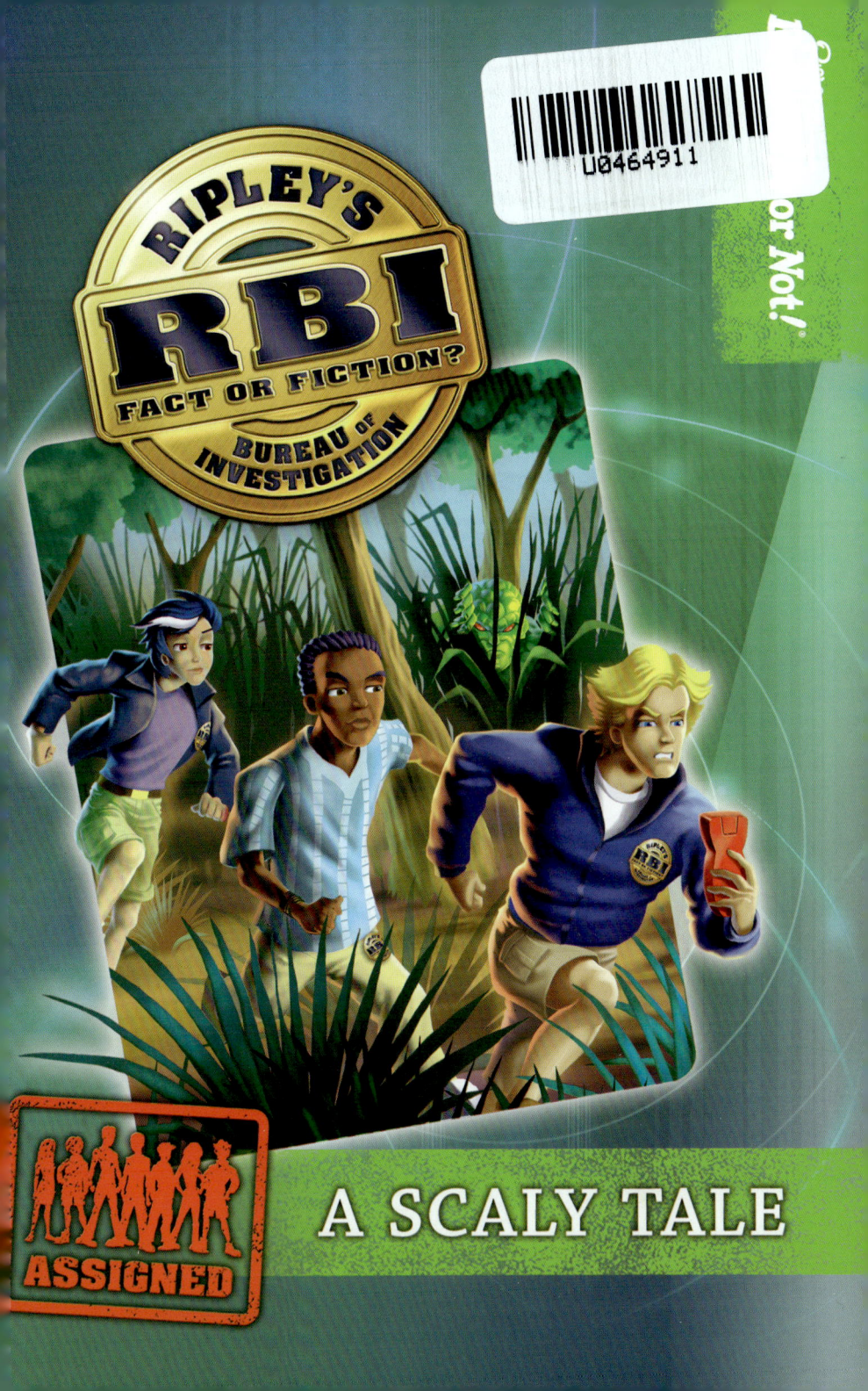

RIPLEY'S RBI
FACT OR FICTION?
BUREAU OF INVESTIGATION

ASSIGNED

A SCALY TALE

- 罗盘
- 直升机停机坪
- 温室
- 动物园
- 运动场
- 花园
- "万里号"宝船

- 学校
- 中国园林
- 石碑（秘密入口）
- 通往秘密山洞的水路
- 码头
- 秘密实验室

一起来认识神秘事件调查局吧!

里普利中学隐藏在美国东海岸一座小小的岛屿上。在这里就读的学生,个个天赋异禀、才智过人。

学校设在罗伯特·里普利(Robert Ripley)的老宅。没错,里普利就是蜚声世界的"信不信由你"博物馆的创始人,这是全校人人皆知的秘密。学生们虽貌似普普通通,但个个身怀绝技:预测天气、天生神力、过目不忘等,不过是里普利中学学生的几项雕虫小技罢了。

这些学生中的佼佼者,会入选一个绝密的机构——里普利神秘事件调查局。这个精英机构设在学校的一间高科技地下室里,身怀绝技的少年探员们在这里接受任务,到世界各地调查稀奇古怪的生物和奇案。现在,请随他们一道踏上惊险之旅,辨别其中的真伪吧!

神秘档案之秘密领袖

▶▶ 里普利先生

谎言分析局,调查局的强劲对手,挖空心思地要破坏调查局的数据,誓要让里普利名誉扫地。

罗伯特·里普利的虚拟大脑,也是一台存储着庞大数据的超级计算机,用以保管调查局的信息、资料和卷宗。计算机界面是里普利本人可互动全息影像。他给探员分配任务,通过任务接收器这一联络工具给他们提供重要的信息。

▶▶ 凯恩先生

深受少年探员们爱戴的老师,他以"博物馆俱乐部"为掩护,管理运作调查局,协调全体探员的任务。

▶▶ 马克斯韦尔博士

除凯恩先生外唯一知道调查局存在的老师,负责探员们的装备。从他实验室研发出来的调查装备真是酷毙了。

神秘档案之少年探员

除才华出众外，神秘事件调查局的七名探员个个身怀一种独门功夫。他们在学校和外出执行任务期间相互支持。每件案子都交由三名得力的探员前往调查。

调查局团队在执行任务期间靠任务接收器相互联络，同时用它从里普利那里获取证据和有价值的信息。

▶▶ 科比·夏库尔

年龄：15岁
绝技：具有非凡的跟踪能力和耐力，对各个部族了如指掌，有出众的心理感应力。

备注：科比的父母是土生土长的非洲人，分属于不同的部落。科比拥有非凡的跟踪能力，精通世界各地的风土文化。只要摸一摸，他就能说出一个人或物的来龙去脉。

▶▶ 齐娅·门多萨

年龄：13 岁
绝技：能够轻松掌控磁力和电力，能预测天气。

备注：幼年时的一场风暴摧毁了齐娅的家乡，她是唯一的幸存者。她能预测天气，有时甚至能呼风唤雨，她还能让电器设备失灵。

▶▶ 马克斯·约翰逊

年龄：14 岁
绝技：电脑和发明。

备注：马克斯来自拉斯维加斯，酷爱电脑游戏，对所有与电子沾边的东西都非常喜欢。他的业余时间多半用来发明机器人。他讨厌上课，却不惜花时间帮马克斯韦尔博士改进新装备。

▶▶ 凯特·琼斯

年龄：14 岁
绝技：过目不忘，聪明绝顶，能在瞬间掌握一门语言。

备注：凯特从小就由在牛津大学担任历史学教授并兼任考古学者的叔父抚养，她博览学校图书馆的群书，并且过目不忘。

▶▶ 阿列克·菲利波夫

年龄：15 岁
绝技：擅长柔术，力大无比。

备注：阿列克是俄罗斯奥林匹克体操队16岁以下组的队员，酷爱体育和竞赛。他的个头比其他探员大得多，平时一副斯文相，其实却很淘气。

▶▶ 李 蓉

年龄：15 岁
绝技：对于音准有极高的辨别力，能模仿各种声音。

备注：李蓉生在中国北京一个富裕人家，比其他探员就读里普利中学的时间要晚。她听觉敏锐，只要她听到的声音，她都能模仿。

▶▶ 杰克·史蒂文斯

年龄：14 岁
绝技：能够与动物交谈，精通求生技能。

备注：杰克出生在澳大利亚内地的一个野生动物园。他与动物一向有着不解之缘，能与任何一种动物交流，还喜欢吃令人毛骨悚然的食物。

神秘事件调查局 1

追踪蜥蜴人

〔美〕里普利公司创作组 ◎著/绘
王国平 ◎译

图书在版编目（CIP）数据

追踪蜥蜴人 / 美国里普利公司创作组著绘；王国平译 . -- 天津：新蕾出版社，2015.9
（神秘事件调查局；1）
书名原文：A SCALY TALE
ISBN 978-7-5307-6297-4

Ⅰ . ①追… Ⅱ . ①美… ②王… Ⅲ . ①儿童文学－中篇小说－美国－现代 Ⅳ . ① I712.84

中国版本图书馆 CIP 数据核字 (2015) 第 185033 号

A SCALY TALE(BOOK ONE) By RIPLEY ENTERTAINMENT INC.
Copyright © 2010 By RIPLEY ENTERTAINMENT INC.
Simplified Chinese edition copyright © 2015 by Grand China Publishing House
This edition arranged with RIPLEY ENTERTAINMENT INC.,
through BIG APPLE AGENCY, INC. , LABUAN, MALAYSIA.
All rights reserved.

No part of this book may be used or reproduced in any manner whatever without written permission except in the case of brief quotations embodied in critical articles or reviews.

出版发行：天津出版传媒集团
　　　　　新蕾出版社

E-mail: newbuds@public.tpt.tj.cn
http://www.newbuds.cn

地　　址：	天津市和平区西康路 35 号（300051）
出 版 人：	马　梅
责任编辑：	芦晋艳
特约编辑：	董莹雪　程晓波
版式设计：	李佳颖
封面设计：	张　英
电　　话：	(022) 23332422
传　　真：	(022) 23332422
经　　销：	全国新华书店
印　　刷：	深圳市鹰达印刷包装有限公司
开　　本：	889mm×1194mm 1/32
字　　数：	52 千字
印　　张：	4
版　　次：	2015 年 9 月第 1 版　2015 年 9 月第 1 次印刷
定　　价：	16.80 元

著作权所有・请勿擅用本书制作各类出版物・违者必究。

国外读者热评

伊莱恩，9岁

　　我刚读完《神秘事件调查局》的第一本，简直爱死它了。我最喜欢的角色是齐娅，因为在暴风雨来临的时候她表现得很勇敢，她能吸收闪电，而且还是个女孩。

亚历克莎，10岁

　　看到调查局探员们发现蜥蜴人的时候，我觉得这本书真是太酷了。我最喜欢杰克，因为他能和动物说话。期待看到《神秘事件调查局》后面的故事！

克里斯蒂安，9岁

　　我喜欢《神秘事件调查局》这套书！里面每本书都让人兴奋得坐不住。它们有点儿像是探险小说，让你学到很多知识。我喜欢书里面提到的所有真实事件。

汤姆，11岁

　　我为《神秘事件调查局》打5星满分，因为书里的故事真的很棒。我一定会把它推荐给同学，甚至推荐给学校图书馆！

拉维尔，11岁

　　读完《神秘事件调查局》的第一本后，我发现自己的好奇心比以前更强烈了，也发现这个世界上还有那么多神秘的地方值得我们探索！这本书中还有关于下一个任务的线索。现在，我已经等不及要看下一个故事了！对了，书里有些地方还是有一点儿吓人，所以我建议你到了11岁再读这套书，除非你特别勇敢！

乔治的妈妈

　　我10岁的儿子很喜欢《神秘事件调查局》这套书，我也很喜欢。我们坐在一起，读完第一本后，热烈地讨论接下来可能发生的事情。书里面的角色很有趣，了解真实的里普利冒险经历也很有趣，而且很有教育意义。我的儿子已经在问我什么时候给他买下一本了。我们对下一场冒险已经迫不及待了！

蕾哈娜和迪克的爸爸

　　为了《神秘事件调查局》，我和我的孩子们成立了一个家庭读书俱乐部。孩子们真的很投入，而且会将书里的角色和现实中他们认识的朋友联系起来。他们很羡慕书里面的少年探员们，如果下一个系列能用他们的名字命名两位探员，那他们肯定高兴坏了。

序 言

"鲍勃，我逮到一个大家伙！"钓鱼的人拽着渔竿喊道，"快拿网兜来！"

鲍勃按照他的吩咐，拿起网兜探身准备去抄这条大鱼。暮色洒在阴沉沉的水面上。突然，水中凭空伸出一只生着鳞片的绿手，一把抓住了渔钩上的鱼，险些拽断了渔线；他们的战利品瞬间被拖进了幽暗的沼泽深处。

"那是什么东西，弗兰克？"鲍勃吓得倒吸了一口凉气，"是谁抢走了鱼？"

"你在说些什么呀？"

"我看到……一只绿色的手,生着鳞片!"鲍勃结结巴巴地解释道。

弗兰克困惑而同情地望着朋友。刚才的情景在鲍勃的脑海中又翻腾了一遍,他清楚自己见到了什么。佛罗里达炎热的黄昏陡然透出一股寒意,他只觉得浑身一哆嗦,沼泽中的阵阵古怪响动,在他听来也似乎暗藏着杀机。

"这是什……"弗兰克突然愣愣地盯住水面,一时忘了该怎么接下文。鲍勃顺着他的视线望去,只见他们的小船四周荡开一圈浪花,只有大鱼才能兴起这么大的浪。两位钓客目送浪花推到了岸边,被抢走的那条鱼噌地跃出水面,落到了岸上,后面紧跟着一只巨蜥。这只爬行动物用前肢一撑,像人出游泳池一样上了岸,然后抖了抖长长的后腿和尾巴上的水。

落日的余晖洒在这只巨蜥湿漉漉的身体上。看着它收起后腿,站起身走向那条鱼,鲍勃只觉心头一紧。

巨蜥捡起鱼,四下看了一圈,一眼瞧见他们俩,鲍勃和弗兰克吓得张口结舌。它的眼睛在暮色中闪着黄光,鲍勃竟觉得它的眼神和人类有些相像。它"嘶嘶"地发出了一声长叫,一头钻进树林,不见了。

弗兰克和鲍勃面面相觑,一时不敢相信。

"我看我们还是走吧,快!"鲍勃说。

弗兰克瞠目结舌地点了点头,趁那家伙还没折回来,两个人落荒而逃。

目 录

① 里普利中学　1

② 来自地下室的任务　10

③ 博士的新发明　19

④ 怎样穿过大沼泽　25

⑤ 汽艇追逐战　35

⑥ 深夜的不速之客　45

⑦ 闪电击中了齐娅　56

⑧ 食人蟒现身　64

⑨ 蜥蜴人的真面目　74

⑩ 林中小屋里的宝贝　81

⑪ 信不信由你　89

欢迎参与神秘事件调查局的下一次历险之旅！　98

附录1 里普利数据库任务记录　99

附录2 "信不信由你"真实案例　100

附录3 神秘事件调查局粉丝团招募测试（1）　106

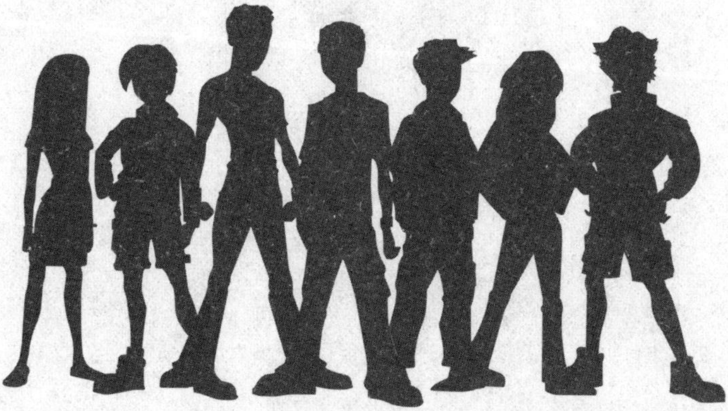

1
里普利中学

"又是一堂无聊透顶的课！"在工艺品鉴赏课教室里，马克斯发着牢骚，"我想执行任务，才不想看那些破坛烂罐呢。我真恨不得这会儿就跑到比利牛斯山（法国和西班牙交界处的一座山脉。——译者注），踩着雪橇从山上呼啸而下，去追踪雪人。"他左晃右闪地模拟着滑雪的姿势，逗得齐娅咯咯直笑。说实在的，他要的就是这个效果。

"要不，骑着四轮摩托在沙漠里疯跑，寻找双头骆驼也成啊。"马克斯继续说。

神秘事件调查局 1
RIPLEY'S BUREAU OF INVESTIGATION

"轻些,"凯特训斥道,"小心人家听到了!"她注意到班上的一个男同学竖起了耳朵。

"才不会呢。就算听到又有什么关系?"马克斯耸了耸肩,顺着她的视线瞥了一眼,"他还以为我在说度假的事儿呢。他又不知道我们调查局的任务。"

追踪蜥蜴人
A Scaly Tale

凯特一愣。神秘事件调查局的探员都清楚，不能当众谈自己的任务。知道这个机构的只有调查局成员，要是里普利中学的普通学生都晓得了，那还不炸了锅！

凯特年方 14，在探员中年纪算小的，但她显得少年老成。马克斯却恰恰相反。他也是 14 岁，可他的一举一动在凯特看来都是那么幼稚，加上他经常管不住自己，动不动就会犯规，更让凯特觉得他无可救药。她从马克斯的邻座站起身，径直走到教室的对面，坐到好朋友李蓉的身边。

"她哪根筋搭错了？"马克斯问。

齐娅苦笑着冲他摇了摇头，黑发中的一绺银发在灯光下一闪。马克斯心里清楚，自己又把凯特给惹恼了，反正两人打嘴仗是家常便饭，这一轮他也算扳回一局。想到这里，他得意地咧嘴一笑。他没注意到的是，凯特走的时候嘴里小声咒骂着，碰巧被齐娅看在眼里。这位语言天才不知道用的是哪种生僻语言，齐娅也听不懂,但她敢打赌那不是好话!

"喂,阿列克!"马克斯高喊,兴许是想把自己的"胜利"向伙伴显摆显摆。齐娅撇了撇嘴,走到科比的邻桌坐下。正在这时,威利斯先生走进来准备上课了。

"各位,静一静。从现在开始,课堂上只有我可以说话!"他望着马克斯的方向大声说,"约翰逊先生,麻烦您摘下墨镜,在教室里用不着它。嗯,好,我们今天从第156页开始讲。"

学生们翻开课本。在工艺品鉴赏课上,他们要了解学校创始人罗伯特·里普利在环球旅行中发现的稀奇玩意儿。今天要鉴赏的是里普利先生从东方收集来的藏品,可惜前50分钟的课程实在枯燥

为了调查美人鱼,我遍访全球,最终从澳门一家神秘的商店买到一具美人鱼尸骨。但我始终认为它只是一具由猴子和鱼拼接而成的精妙的赝品。

——罗伯特·里普利

追踪蜥蜴人
A Scaly Tale

乏味。藏品本身引人入胜，可惜不知怎么着，经威利斯先生一说，件件都毫无趣味。

"这个我恐怕从未见过。"科比指着一副标名"斐济人鱼"的奇怪骨骼，对齐娅说。许多年来，这副疙

疙瘩瘩的骨架一直被收藏界视作真正的人鱼尸骨,虽然里普利已查明它只是用猴子和鱼的骨架拼成的冒牌货,但他也因其精巧程度而认为值得收藏。

"我肯定学校里没有。"科比胸有成竹地说道,接着腾地举起了手。齐娅对他的工艺品鉴赏天赋向来十分信服,要是他说什么东西学校里没有,那就一准儿没有。

"这也有可能,"威利斯先生迟疑地说,"藏品中的一些工艺品……"

"老师,对不起,我迟到了。"一个声音在教室后面响起。大家都扭过了头。

"史蒂文斯,又是你!真难为你能在最后一刻赶来上课。这回你又会给我一个什么勉强的理由呢?"威利斯先生讥讽地问。

"呃,实在对不起,老师。我刚才在学校的动物园里呢——一头双头牛病了。"杰克说。

追踪蜥蜴人
A Scaly Tale

"这里不是兽医院，史蒂文斯先生。这是一所中学！"威利斯先生严肃地说，"你可别忘了，你上次交的作业简直是一塌糊涂。"

杰克一边忙不迭地连声道歉，一边紧挨着科比和齐娅坐下了。

"明天放学后留校补作业，估计你就能长点儿记性了。"威利斯先生又补了一刀。

杰克叹了口气，掏出了课本。齐娅看着他，同情地笑了笑。她知道他对动物们视若生命。

"真不像话。我刚才说到哪儿了？"威利斯先生终于数落完了，开始继续上课，"哦，对了，有些工艺品遗失了，只有罗伯特·里普利本人见过。"

"那么请问它们会流落到哪里？"杰克从科比身后探头问。

"要我说，它们肯定不在动物园，史蒂文斯先生。"威利斯先生板着脸说。杰克和科比正要分辩几句，下

> 发件人
> 　　凯恩先生
> 主题
> 　　博物馆俱乐部活动
> 内容
> 　　麻烦各位尽快到实验室会合。
> 　　一会儿见！

课铃响了。

"太好啦！"马克斯欢呼道，招来了威利斯先生一个恶狠狠的白眼。学生们收拾好学习用品，纷纷拥向教室门口。

"别忘了，史蒂文斯先生，明天到我的办公室去一趟。"杰克刚想往外跑，威利斯先生的声音就从他身后追了过来，他不由得叫了一声苦。

正在此时，他的口袋里响起"嗡嗡"的蜂鸣声，科比的口袋里也跟着响了起来。他们的任务接收器都收到了一条短信。是凯恩先生发来的。

"你们收到博物馆俱乐部的短信了没？"凯特问，

追踪蜥蜴人
A Scaly Tale

"要我们到实验室会合。"为了避免让不相干的人看到短信,提到调查局总部时,凯恩先生一向用"实验室"这个词代替。

看来,又有新任务了。

2
来自地下室的任务

正逢午餐时间,大厅里的学生络绎不绝。探员们沿廊道向前走着,廊道左右两侧摆放着里普利从全球搜罗来的稀奇古怪的藏品。他们径直来到"刘旻(mín)"面前,这是一座来自中国的半身雕像,他的特别之处在于两只眼睛都是两个瞳孔。

"他们就不能把他摆低点儿?"李蓉发了一句牢骚,踮起脚尖,让自己的眼睛与他的平行。

"你再长高一点儿不就得了。"马克斯取笑道,其实他自己的个头也不过勉强能与刘旻平视。他站住脚,

追踪蜥蜴人
A Scaly Tale

好让自己的右眼对准刘旻的左复眼——这座雕像其实是一台瞳孔扫描仪。只要识别出调查局探员的瞳孔，安放他的那块墙板就会像一扇门一样打开——瞧，门已经开了。

探员们迫不及待地冲向门后的一架螺旋楼梯，一个一个地鱼贯而下。这座学校的建筑历史悠久，但下了楼梯井之后却装备得十分先进。应声而亮的声控灯发出柔和的自然光，仿佛阳光穿窗而入，其实这里根本没有一扇窗户。这些灯能识别出每一名探员，将光线恰到好处地投在他们脚下，一路送着他们进入里普利改造过的地下室——先是一个小小的地窖，然后就是神秘事件调查局总部。在房间的正中央，摆着一台外观前卫的黑色仪器，这就是里普利先生——或者说，是存储着里普利庞大数据的超尖端计算机。

凯恩先生坐在计算机旁，与一位不同寻常的人谈兴正浓：在计算机上方 50 厘米处，凭空悬着罗伯特·里普利的脑袋。当然，这并不是他本人，不过是他的全息影像。

"探员们，大家好啊！"里普利先生说。探员们一一向他问候过后，纷纷转向凯恩先生。

追踪蜥蜴人
A Scaly Tale

"谢谢你们这么快就来了。"凯恩先生说,"里普利先生掌握了蜥蜴人现身的最新情况。"他转身对里普利点了点头,请他接着说下文。

"最近收到的情报,比以前掌握的情况更加具体。"里普利说。他的谈吐腔调常令探员们感慨不已,因为这不是机械的计算机发音,而是与"里普"(探员们对里普利先生的昵称。——译者注)在世时说话的语调一模一样。"蜥蜴人在佛罗里达州的奥基乔比县频频现身,所以我们现在需要对这个区域有一个较为充分的了解。"

"我知道那地方!就在沼泽地深处。"马克斯说道,他指的是佛罗里达州的大沼泽地国家公园(Everglades National Park)。马克斯来自内华达州,作为学校里唯一一名美籍学生,只要调查的地点在他的祖国,他就会瞬间生出民族自豪感。

里普利转向一面大屏幕,上面出现一段满是雪花

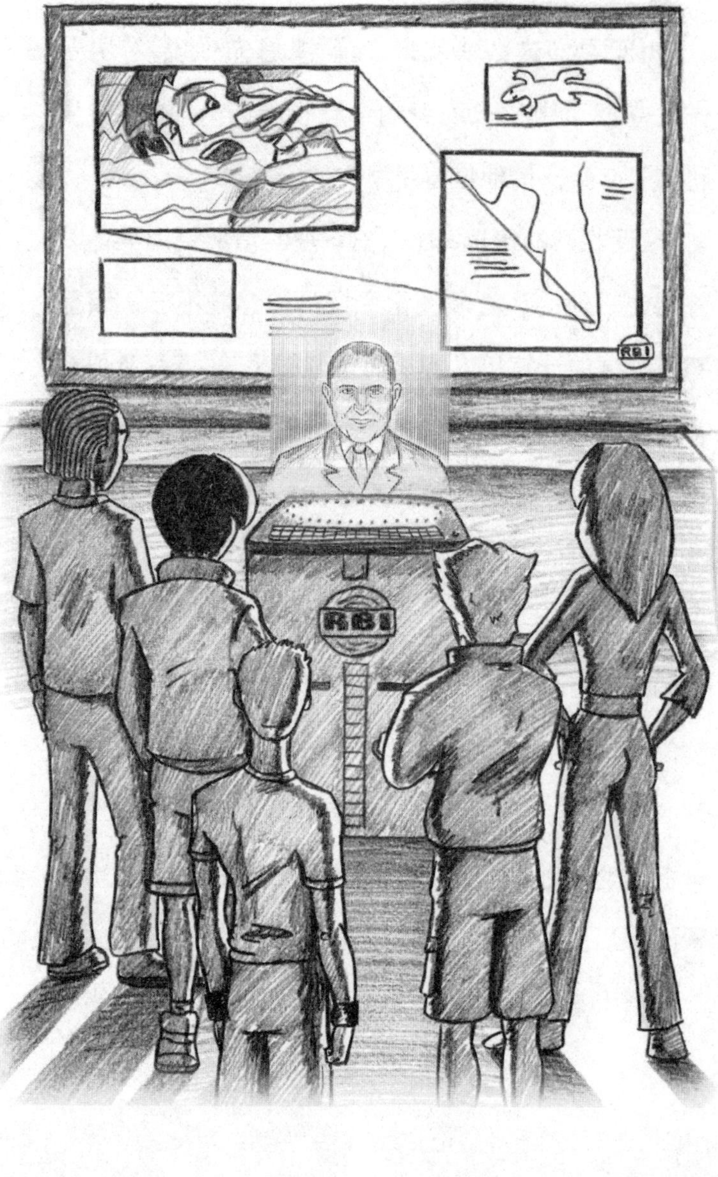
RBI
RBI

追踪蜥蜴人
A Scaly Tale

的视频。"这段视频是一位目击者用手机拍的。"他解释说。屏幕上,镜头跳跃得很厉害,拍摄者似乎在跑。可以听到有人在喊"天哪"和"伙计,这是个大家伙",但却看不清楚拍摄的到底是什么。

"他的手机真垃圾。"马克斯发了一句牢骚。视频戛然而止,屏幕变得一片漆黑。"它该不会把他给吃了吧?"他问。

"没有,怎么可能?"里普利淡淡一笑。马克斯就爱耸人听闻,大家都已经习惯了。"目击者名叫汤姆·帕金斯,19岁,佛罗里达人,周末与朋友一道外出钓鱼。他事后说,这是一只与人一样能直立行走

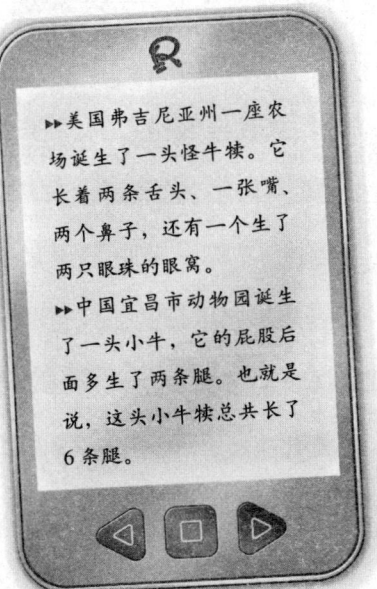

▶▶美国弗吉尼亚州一座农场诞生了一头怪牛犊。它长着两条舌头、一张嘴、两个鼻子,还有一个生了两只眼珠的眼窝。
▶▶中国宜昌市动物园诞生了一头小牛,它的屁股后面多生了两条腿。也就是说,这头小牛犊总共长了6条腿。

的蜥蜴。信不信由你,这与我们事先得到的一些情报正相吻合,可惜无人清楚它的具体情况。"

"杰克,"凯恩先生转过身说,"我打算让你参与这次调查。如果这是只蜥蜴而不是人类,你的本领就有用武之地了。"

"可是,雅努斯(Janus,本意为罗马神话中看守门户的两面神。——译者注)怎么办?"杰克放心不下那头生病的双头奶牛。

"我会照料它的。"齐娅自告奋勇地说。

"对了,你最好也去,齐娅。"凯恩先生犹豫了一下,说道,"那一带眼下正是雷电多发季节,你的本事迟早会派上用场的。还有科比,我想这个团队少不了你。据我们了解,这个案子可能与塞米诺尔部落的神秘仪式有关。"

"我看未必,"科比说,"塞米诺尔印第安人确实与自然界有着特别的联系,可我从没听说过他们会变

追踪蜥蜴人
A Scaly Tale

成蜥蜴。但我当然会去的,毕竟可能有什么发现,谁也说不准!"

凯恩先生笑了:"那好,就这么定了。对了,再提醒大家一句:别忘了留意谎言分析局的人,他们随时有可能出现。"

"我们知道。"马克斯叹了口气,"一帮扫人兴的家伙,挖空心思地要搅黄我们的任务。"

"我知道你们了解谎言分析局,"凯恩先生说,"近来他们插手的事儿似乎越来越多了。"

"他们凭什么要多管闲事?"李蓉问。

"我们的职责是调查各种奇闻逸事并证明其真实性,他们的职责是与我们作对。道理是一样的。"凯恩先生答道。

"但这样做好蠢!"马克斯来了一句。

"也许吧,"凯恩先生说,"反正他们干得起劲着呢。大家切记,只要我们的系统中混入一条虚假信息,整个里普利数据库及其所代表的一切都会声誉受损,这当中也包括神秘事件调查局。不仅如此,还会危及整个网络。"

"噢!"杰克恍然大悟。

"所以我才要你们提高警惕,"凯恩先生接着说,"他们的探员似乎能未卜先知,我们人还没到,他们就能知道我们的目的地。"

杰克突然想起一件大事:"对了,我险些忘了,我明天放学后要留校!"

"不会又是威利斯先生说的吧?"凯恩先生问。杰克点了点头。凯恩先生叹了口气:"那好,我去替你说情,就说你们三个人都要去'校外实习'。"

3

博士的新发明

会议结束后,受命执行这次任务的三名探员开始分头做准备,研究相关路线、整理待用的装备等。齐娅去请教地理老师伯罗斯小姐,科比和杰克则去找团队的仪器专家马克斯韦尔博士,他也是除调查局团队成员之外,了解调查局底细的唯一一位老师。

"老师好啊!"杰克钻进了博士的办公室,高声向他问好。"你好啊,杰克……科比也来啦,"马克斯韦尔微笑道,"你们俩今天有什么事吗?"

两名探员对博士讲了讲他们的任务,并且告诉他,他们要在那片天气多变的沼泽地全天候待命，跟踪调查那只动物。

"我明白了，你们首先要有一台热像仪。"博士说着，弯腰从桌子底下掏出一台仪器。它看起来与平板电脑非常相似，只不过多了几个按钮。马克斯韦尔博士为调查局提供了许多装备，多半打着新发明的幌子，它们便于携带，还不会引起怀疑。对此，少年探员们非常喜欢。

"热像仪的工作原理是感知热量。瞧见了没？"他将仪器拿起来，使其与墙壁平行，黑色的屏幕上很快出现了一个斑点。斑点中心呈黄色，四周有蓝绿色晕圈，沿墙壁移动着。

"哇！"杰克和科比异口同声地惊呼起来。

"这是什么？"科比问。

马克斯韦尔没有回答，只是将热像仪对准彩色光团，一直追着它到门口。

追踪蜥蜴人
A Scaly Tale

门开了,斑点中心陡然变红,周围则呈鲜艳的橙红色。两名男生抬起头,发现进来的是齐娅。

"仪器感知到了齐娅的热量,"马克斯韦尔博士解释说,"隔着墙,它的效果并不好,可一旦中间没有阻隔,热量的显示就会非常明显。"

"对了,你们肯定还需要几副夜视仪。"博士接着说。

"那还用说!"杰克回答,尽管他就是不懂装懂。他随手拿起一副既像望远镜又像太阳镜的超酷装备戴在头上,马克斯韦尔博士关了灯。

"太酷了！"杰克连声惊呼，从镜筒看出去，黑漆漆的房间里一切物体都闪着幽幽的绿光。"马克斯最爱玩的一个电脑游戏里就有这样的场景。"

马克斯韦尔博士开了灯。"是'潜行'吗？"他笑问。

"对呀。你玩过，老师？"杰克陡然来了精神。

"我以前玩过几次。"教授答道。他也是一位电脑游戏迷。

追踪蜥蜴人
A Scaly Tale

"夜视仪是军方常用的装备,这也是军事对战类游戏中会用上它们的原因。其实,我新发明的一种夜视仪效果更好,到时候我会借给你们用一用。"

齐娅听着他们讲电脑游戏听得有点儿烦,忍不住插话说:"伯罗斯小姐给我讲了许多大沼泽地的情况,她说我们要格外注意天气……"

"其实,我们带上你,就是为了对付天气的嘛,是不是,齐齐?"杰克还戴着那副夜视仪,嬉皮笑脸地打断了她。

齐娅一笑,没有理会他那傻乎乎的样儿。

"还有野生动物,"她接着说,"短吻鳄、蛇、熊和美洲豹都在那里出没过。"

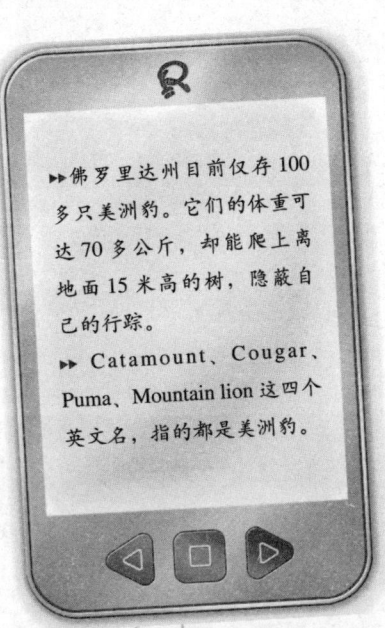

▶▶佛罗里达州目前仅存100多只美洲豹。它们的体重可达70多公斤,却能爬上离地面15米高的树,隐蔽自己的行踪。
▶▶Catamount、Cougar、Puma、Mountain lion 这四个英文名,指的都是美洲豹。

"好啦,这些事儿就交给咱们的杰克对付好了!"科比说着,就在杰克的背上用力拍了一掌。

"求你别提蛇!"杰克夸张地打了个哆嗦,"我可没有对付蛇的本事。"

"好吧,那就祈祷我们千万别碰到蛇吧!"科比毫不介意地说。

4
怎样穿过大沼泽

不到 24 个小时,科比、杰克和齐娅已经站在了奥基乔比县的土地上。在他们面前是大片的沼泽地,几乎占去了佛罗里达州南部一半的面积。

"咱们怎么才能穿过这片沼泽呀?"科比问。他从小生长在非洲大草原,眼前一望无际的沼泽让他有些不知所措。

"当然是坐汽艇啦!"杰克兴奋地答道。说话间,他们已经到了出租汽艇的小屋门前。科比好奇地打量着停在屋外的一艘艘奇特的汽艇,艇座上有一个高高的软凳，后面是一个更高的驾驶座，和一根貌似加长了的变速杆；最奇特之处在艇尾，那里配有一台巨型螺旋桨。

"很酷对吧？"杰克问道，他也被震撼到了，"我一直以来就梦想着驾驶一艘这样的酷艇。在我老家，澳大利亚的北部地区就有这玩意儿，小时候爸爸经常

追踪蜥蜴人
A Scaly Tale

带着我和哥哥驱车北上,租一艘汽艇兜风。那别提多刺激了!"

杰克双手一撑跳上汽艇,兴冲冲地坐上了驾驶座。

这时,租艇处出来一名男子,他径直走向科比。

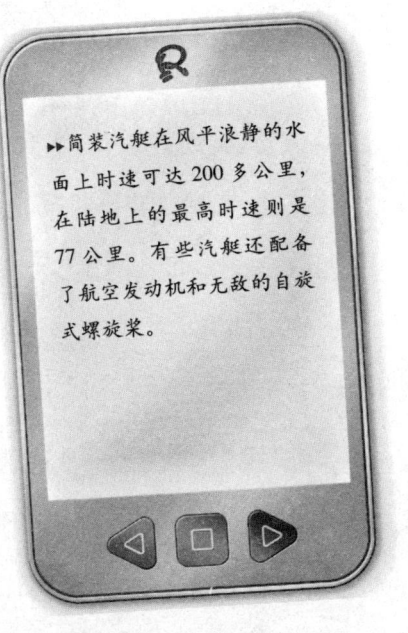

▶▶简装汽艇在风平浪静的水面上时速可达200多公里,在陆地上的最高时速则是77公里。有些汽艇还配备了航空发动机和无敌的自旋式螺旋桨。

"都准备好了,"他说着,递给科比几把钥匙,"你们的总部已经办好了手续。"

科比不由得笑了:凯恩先生做事果然靠谱儿!

"你们开过汽艇没有?"那位男子又问。

"我没开过,"科比实话实说,"但杰克会开。"

"那就行,"男人说道,"你们只要记住一点就行了,这玩意儿没有刹车和倒挡。"

科比瞪大了眼睛。这貌似很不安全!

"其实还好啦,"看到科比的反应,男子安慰般地补充道,"螺旋桨会推动汽艇在水面上滑行,但它只能朝着一个方向。话虽这么说,汽艇其实不难操纵,草地呀、沼泽呀,还有很浅的河流,它都能过。你们要去哪里?"

"我们听说这一带有怪物出没,"科比说,"你见过没?"

"我没见过。你们可以去海牛营那边看看,离这里只有几公里。要说有人见过,应该是那儿的人。"

科比谢过那位男子,随杰克、齐娅一起上了艇。他刚刚坐定,杰克就发动汽艇冲了出去。齐娅见科比狼狈地张开手臂,继而牢牢地抓住台子,不由得咯咯直笑。

"抓牢喽,伙计们!"引擎的轰鸣声中,只听杰克嚷嚷道,"这将是一次扣人心弦的旅行!"

追踪蜥蜴人
A Scaly Tale

　　汽艇向左一个急转，右舷外露出了一只鳄鱼的脑袋。看到那双冷冰冰的眼睛，科比倒吸了一口凉气。

　　"吁——对不起啦，伙计！"杰克喊道，"我险些撞到你。"

　　"他神志清醒吧？"科比问齐娅。

　　"当然清醒啦！"齐娅答道。

科比点了点头,但仍心有余悸。风在他耳边猎猎作响,可以想象汽艇的速度有多快。杰克显然神志清醒,他驾驶汽艇在红树林中左冲右突,仿佛一位滑雪锦标赛选手,身手敏捷地绕过坡道上的一道道障碍,飘然而下;对科比来说,汽艇开得太快了,颠得他直想吐,但他也不能不佩服好朋友的驾驶技术。

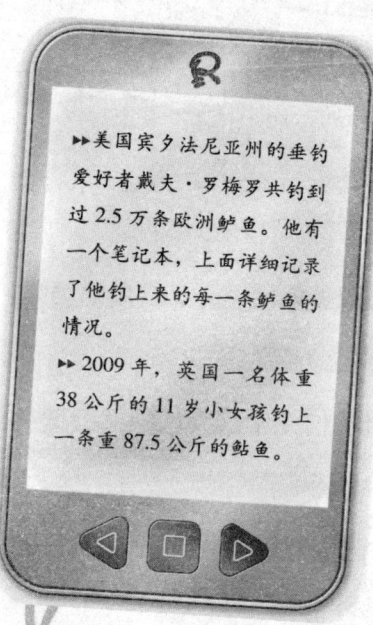

不一会儿工夫,他们就到了海牛营。这是一片露营地,几顶形状各异的帐篷簇拥着中间的几张野餐桌,有人在那里点起了篝火,正在烧烤。

"运气不错啊!"杰克兴奋地说,"正赶上饭口。"

▶▶美国宾夕法尼亚州的垂钓爱好者戴夫·罗梅罗共钓到过2.5万条欧洲鲈鱼。他有一个笔记本,上面详细记录了他钓上来的每一条鲈鱼的情况。

▶▶2009年,英国一名体重38公斤的11岁小女孩钓上一条重87.5公斤的鲇鱼。

追踪蜥蜴人
A Scaly Tale

他们向驴友们做了自我介绍,说自己正在追踪一名蜥蜴人。

"我见过一只怪物,"一位名叫鲍勃的驴友说,"那天我正和朋友弗兰克一起钓鱼,突然蹿出一个浑身披着鳞片的家伙,它一把抢走了我们渔钩上的鱼。我刚开始以为是一只蜥蜴,后来却发现它用两条腿行走。"

"我也见过的,"另一名男子说,"不过是在清晨。

我见到一只掰着树枝的绿手,和一双往树丛外张望的眼睛。我吓得一动不敢动,生怕它追过来,但它突然不见了。是凭空消失的,就一晃眼儿的工夫。"

三名少年探员向驴友们一一探询,杰克还见缝插针地美餐了一顿。科比在询问中发现一名男子对所见所闻似乎十分肯定,连忙喊来了另外两名同伴。这名男子是这样说的:

"我是在钓鱼的时候看见它的。那家伙钻出湖面,真是把我吓了一跳。对,它体型十分庞大!可我觉得它更像一只豹子,不像蜥蜴。说不定,它是一只水豹?"

杰克摇了摇头。水豹?他可是闻所未闻。

齐娅则仔细打量着那人宽大的钓鱼帽、锃光闪亮的黑皮鞋和大裤衩。

他还穿了一件钓鱼背心,当鱼饵用的虫子在一个个口袋里蠕动。

"它凶相毕露,"那人接着说,"生着一双血红的

追踪蜥蜴人
A Scaly Tale

眼睛和巨大的爪子……对了,还有牙齿!它冲我低吼了一声,露出一口狰狞的白牙,那牙齿犹如两排锋利的钉子,牙缝中还嵌着星星点点的腐肉渣。它向我扑了过来,于是我连忙爬上一棵树,一直待到它等得不耐烦了,自己跑掉为止。"

杰克皱了皱眉头,心里暗想,真要是一头豹子,一准会爬上树去追他。

"你说的这事儿发生在哪儿?"齐娅追问。杰克看得出,她也满腹狐疑。

"哦,就在那边,"那人说着,向远处一指,"快到大沼泽县了。"

探员们听得有些糊涂了。这番话与调查局获得的情报不符。地点不对,据他们所知,这只动物也不像豹子,再说没人提到过它会袭击人。

"一只水豹?"返回汽艇的路上,杰克喃喃地重复道,"我总觉得有些不对劲。"

"我也是,"齐娅附和道,"我总觉得那人不可信。"她停下来想了一会儿,"就是说不出哪里不对头。"

"我们还是按原计划行动吧。"科比说,"要是找不到线索的话,我们再去大沼泽县也不迟。"

他深深地吸了一口气,有点儿发怵地看着汽艇,他可不想白跑一趟。

"嘚儿——驾!"杰克大声喊着,在引擎的轰鸣声中,汽艇像离弦的箭一样驶离了露营地。

5

汽艇追逐战

他们出发没多久,前方迎面开来一艘汽艇。遵照操艇规则,杰克小心地减缓了速度。

"你们好啊!"艇上的两名乘客扬了扬手,向他们打了个招呼。

齐娅分不清是引擎的轰鸣声太大,还是红树林中的回声造成的错觉,总之他们的口音怪里怪气的,就好像凯特故意模仿马克斯的腔调,想尽办法逗他发火时一样。

"你们是从海牛营来的吧?"其中一人问道。他们的艇上放着各种渔具，看起来非常专业，甲板上还放了一桶鱼饵。

在他们减速的过程中，又腥又黏的饵料泼出了桶沿，溅到了另一个人锃亮的黑皮鞋上。

"真该死！"他惊呼了一声，"这是我最好的一双鞋！这可叫我怎么擦呀？"

"对呀，我们刚从那儿来的。"杰克大声答道，"我们正要找个地方扎营呢。"

"喏，靠大沼泽县那边有不少好地方。"第一个搭话的人指点他们。

追踪蜥蜴人
A Scaly Tale

"那里的鱼可真不少,"鞋上沾了鱼饵的那人也说,"我们可以给你们指路,就是借你们几件渔具也不成问题。希望你们能见到那儿有名的大怪猫,可惜我们在时它从没现身过。如果我们跟你们一道回去,说不定能一饱眼福呢。"

"不必了,谢谢,我们还是走这条路吧。"杰克礼貌地回答,同时缓缓地提着速。

"那个方向没什么看头。你们是在白白浪费工夫!"那人冲着他们的背影喊。

"这两个人好怪,"杰克低声说,"他们不想让我们走这条路。"

"我知道,"齐娅也说,"他们是有些怪,这让我想起了营地碰到的那个家伙。"

"没错,"科比接口说着,双手仍紧紧地抓住艇舷,"他们也要我们去大沼泽县。真奇怪,那里到底有什么呢?"

没人搭科比的腔,只听到那艘汽艇"轰隆隆"地从身后追了上来。引擎声本来就大,再加上红树林的回声,仿佛在打雷。

"难道他们不知道,附近有别的汽艇时应该要减速吗?"杰克大声喊道。他们现在钻进了一片高高的苇丛,看不见另一艘汽艇的位置。那艘小艇突然从侧面闯了过来,拦住了他们的去路,逼得杰克猛地一个急转弯,才险险避开。"又是那帮钓客,"科比说,"他们在追我们!"

"他们凭什么要追着我们不放?"杰克愤怒地高声吼道。

"他们的鞋子有问题!"齐娅突然说,"有几个钓鱼的人会穿锃亮的黑皮鞋?营地的那人也穿着这样一双鞋。"

"对呀,钓鱼的人哪有闲工夫擦鞋?"杰克补充道,同时加大油门,想甩掉在身后紧咬不放的汽艇。

追踪蜥蜴人
A Scaly Tale

"他们是不会，"齐娅分析着，"但谎言分析局的探员会！我们赶紧离开这里。快！"

杰克驾艇冲进了沼泽深处，在迷宫一样的航道里敏捷地转舵，险险绕开一棵红树。他的技术娴熟得像花样滑冰，汽艇"嗖"地一下掠过水面，科比的脸都吓绿了。

"他们追上来啦！"齐娅一直留意着后面的动静，这时忍不住大喊。杰克反应神速，驾驶汽艇从一个巨大的红树根上一跃而过，他一摆艇首，想甩掉那些探员，但他们仍穷追不舍。尽管杰克七拐八拐，不断地变换航向和航道，可谎言分析局的艇速显然略胜一筹，两艘艇间的距离越来越近。

"坐稳了！"杰克大喊一声。

"这一招叫'铤而走险'。"他猛地一个右转舵，驾艇冲向两棵树间的一道狭窄的缝隙。只听见齐娅一声尖叫，杰克还以为急转弯吓着了她，但他很快听清她正在大喊着科比的名字。

"科比掉下去啦!"齐娅连声喊道,"你快掉头回去!"

杰克扭头一看,见好友的脑袋在水中一沉一浮,在疾驰的艇后变得越来越小。他突然发现一个更可怕的事实:科比落水的位置,刚好就在谎言分析局小艇的行驶路线上。

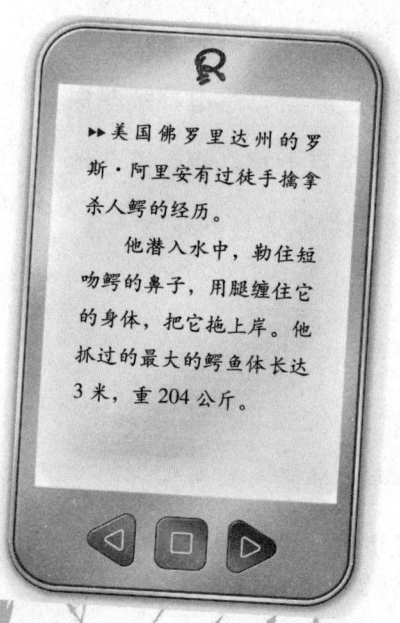

"我这就掉头回去,"冷静地安慰齐娅,"但我不能减速,否则谎言分析局的汽艇就会撞上科比。你得把身子斜伸出去,在我们与科比擦身而过时,将他一把拉上来,行吗?"

齐娅点了点头,迅速挪到了小艇一侧。

▶▶美国佛罗里达州的罗斯·阿里安有过徒手擒拿杀人鳄的经历。

他潜入水中,勒住短吻鳄的鼻子,用腿缠住它的身体,把它拖上岸。他抓过的最大的鳄鱼体长达3米,重204公斤。

追踪蜥蜴人
A Scaly Tale

"准备好了!"她喊道。杰克掉头的时候稍减了一下速——他可不想让齐娅也掉下去,之后迅速提速,向还在苦苦支撑的科比冲去。

刚落水的那一刻,科比的确有些慌神。在进入里普利中学之前他一直不会游泳,现在水性也不算很好。他拼命地踩着水,但始终觉得有什么东西在拉他的脚。他不由得想起了刚出发时险些撞到的短吻鳄,以及钓客描述过的那些生物……一定要挺住,他暗暗给自己打着气:你可是一名神秘事件调查局的探员。

当杰克驾驶汽艇掉头时,科比感觉到一个硬邦邦的东西扫过他的腿。汽艇的轰鸣声越来越响,他立刻意识到谎言分析局的汽艇正在身后渐渐逼近。两艘艇一前一后地向他冲了过来,形势千钧一发!

科比看到齐娅伸出来的手,他明白自己要眼明手快地抓住它,时间必须拿捏得刚刚好才行。他用脚在水下探了探,幸运地碰到了一个淹没在水下的红树根,

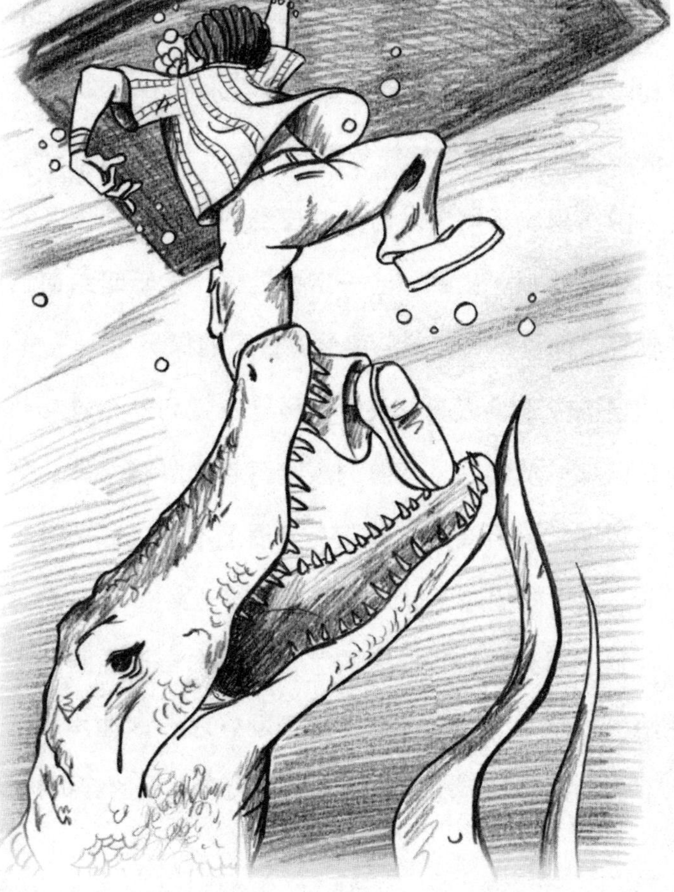

追踪蜥蜴人
A Scaly Tale

可以用来借力。他蹲下身子,把头埋进水里,伺机跃出水面……

"杰克,科比沉下去了!"齐娅惊叫着,"他水性不好,快淹死了呀!"

"我们马上就到了!"杰克安慰她。齐娅盯着科比的脑袋沉下去的位置,现在只能看见一个个水泡冒出来。汽艇离那儿越驶越近,齐娅深吸一口气,从艇弦边探出身,希望能一把捞出他"软绵绵"的身体。这时,一股水柱腾空而起,科比在雨点般的水珠中飞向齐娅,两个人在艇内跌作一团。

"我的天哪,"科比气喘吁吁地说,"刚才我有种错觉,好像有只鳄鱼在拉我的脚。"

"不是错觉,"齐娅瞪着他身后,脸都吓白了,"有一只短吻鳄跟在你身后跳起来,险些咬到了你的脚!再迟半秒,你就会被它拽回去了。"

科比艰难地咽了一口唾沫——他终于意识到,刚才踩到的恐怕根本就不是树根。

"抓稳吧,我们继续出发!"杰克又一次掉转船头,加速前行,谎言分析局的汽艇眼看就要追上来了!

6 深夜的不速之客

说时迟那时快,谎言分析局的汽艇从探员们身边一掠而过,随后一个打横,插在了他们的路线上。

杰克猛地一踩橡皮脚刹,小艇打了一个旋儿,掀起一股遮天的水雾;趁着谎言分析局探员的视线暂时受阻,杰克抓紧时机驾艇逃进了沼泽深处。他们一扎进浓密的苇丛里,杰克立即关了引擎,任由汽艇静静滑行。

"你疯啦?"齐娅小声埋怨道,"他们会抓住我们的!"

"我们躲在这里,他们看不见,"杰克压着嗓子说,

"如果听不见引擎声,他们会以为我们跑远了。"

果真如此。没过多久,谎言分析局的汽艇就闯入了他们的视线,两名探员侧着耳朵,一边减速,一边往树林中四处张望,希望找到他们的踪影。

半个小时后,汽艇引擎声已经完全听不到了。他们这才发现,夜幕正在慢慢地降临。

"还是别走了吧,"科比战战兢兢地说,"夜里穿越沼泽太冒险,说不定会出事儿的。"

"好,咱们就在这里过夜。"杰克很清楚,科比就连大白天都不敢坐汽艇穿越大沼泽,更何况是晚上呢!他系好汽艇,两个伙伴则动手支起帐篷,

▶▶土耳其一名男子爱吃活蝎子。他从小就对活蝎子的味道十分上瘾,邻居们经常受托帮他寻找活蝎子。
▶▶澳大利亚悉尼的"蚯蚓人"喜欢吃活蚯蚓,要么夹在三明治里吃,要么直接放入口中吃。

追踪蜥蜴人
A Scaly Tale

收拾停当后,三人开始生火做饭。

"我们何苦要带这么多的干粮?"杰克边生火边说,"大沼泽里到处是营养丰富的植物和美味!"

"美味?你说的不会是昆虫吧?"齐娅连忙打断了他的话。

"没错,"杰克承认,"但它们都是美味啊!"

齐娅扮了个鬼脸。她可不认为那些恶心的虫子有什么好吃的!

吃饱喝足后,三人围着篝火,杰克讲了一个吓人的故事。

"很久很久以前,有一位塞米诺尔族的小姑娘。因为她喜欢河流,人们都叫她'哈齐',就是'小溪'的意思。有一天,她到大沼泽地的一个湖里游泳,这是她最喜欢的地方。四周静悄悄的,只听见沼泽里的昆虫在轻声叫,微风沙沙地拂过树林。哈齐每天都要在这里游上几圈,才会回家帮妈妈做饭。"杰克压低声音缓缓地说道。

"可就是这一天，哈齐没有按时回家。邻居们四处寻找，一直找到太阳落山，才发现她面孔朝下，死在了湖里。这个湖中到处都生长着水浮莲，这是一种长得像风信子一样的水生植物，哈齐被水浮莲那带刺的根缠住了手脚，一直拖到了水底。

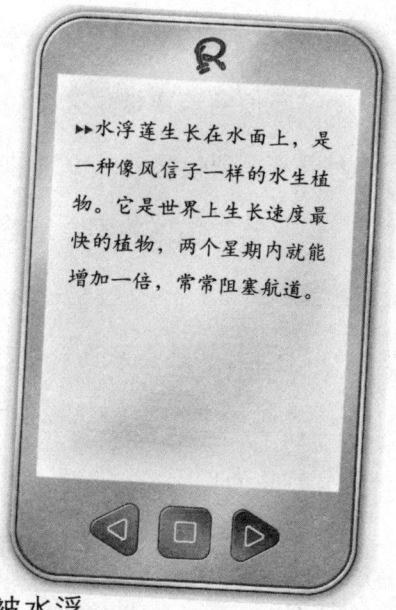

"哈齐的家人认为，她的死是由于大自然不愿意人类离这里太近，于是举家搬到了很远的地方；其他人觉得是水草成了精，哈齐不幸成了第一个牺牲品。他们还认为，这水草必然会没完没了地寻找下一个受害者。

▶▶水浮莲生长在水面上，是一种像风信子一样的水生植物。它是世界上生长速度最快的植物，两个星期内就能增加一倍，常常阻塞航道。

追踪蜥蜴人
A Scaly Tale

"如今，大沼泽中到处都是水草。听说，如果你游得太近，还会听到呜呜的风声，好像一个小姑娘在呼喊，那是哈齐提醒大家小心，免得像她一样淹死。"

"哎呀，你说的是真的吗？"齐娅不安地问。

"这个嘛，部分是真的，"杰克笑道，"其余的不过是我添油加醋罢了。不过呢,水浮莲带倒刺的根确实是逮着什么缠什么。"

"真吓人……不过,还真漂亮呢。"齐娅心有余悸地看了水浮莲一眼,之后爬进了自己的帐篷。

即使中间隔着科比的帐篷,齐娅还是老远就能听见杰克那如雷的鼾声;科比的呼吸则绵长而均匀,说明他也已经沉沉地睡了过去,但齐娅的心绪却久久不能平静。

沼泽中的各种怪声隔着薄薄的帆布钻进帐篷,好几次她刚要入睡,就被一声动物的尖啸或吼声吓得睡意全消。

不远的地方传来树枝折断的"啪啪"声,吸引了齐娅的注意。她翻身坐起,抓起手电筒慢慢地爬出帐篷,满心以为是谁耐不住馋,半夜起来找零食。那肯定是杰克!

齐娅的脑子里突然冒出一个好玩儿的念头,她扔

追踪蜥蜴人
A Scaly Tale

下手电筒，转身把马克斯韦尔博士送给他们的热像仪掏了出来，屏幕上立刻显现出一个人形的热信号。这下看你还往哪里跑？齐娅偷偷地笑着，一下子从帐篷里钻出头来。

正在此时，月亮从云端里探出了脸，把一个剪影投在了她的帐篷上。听到声响，那影子转过身，齐娅顿时睁大了眼睛：只见它身后拖着一条尾巴，活脱脱是一只蜥蜴！

齐娅忍不住发出一声惊叫，划破了寂静的夜空。

就在一愣神的工夫，那影子迅速消失了，两名男生紧跟着从帐篷里冲了出来，吓得齐娅

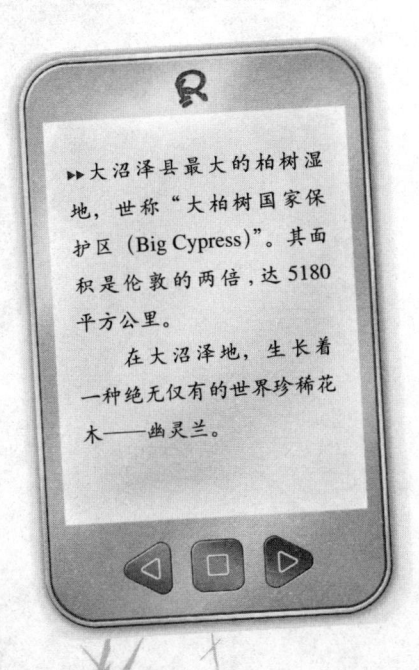

▶▶大沼泽县最大的柏树湿地，世称"大柏树国家保护区（Big Cypress）"。其面积是伦敦的两倍，达5180平方公里。

在大沼泽地，生长着一种绝无仅有的世界珍稀花木——幽灵兰。

51

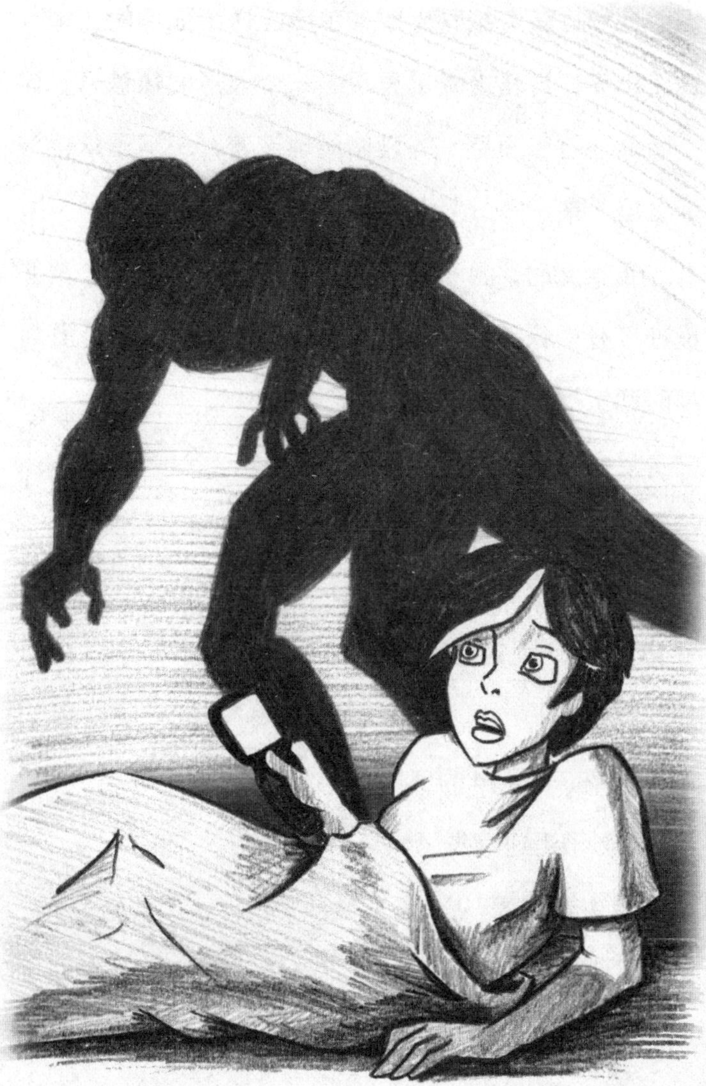

追踪蜥蜴人
A Scaly Tale

又是一声惊叫：原来他们都戴着夜视仪，看起来怪模怪样的。直到杰克把夜视仪从头上摘下来，她才舒了一口气。

"你们看见它了吗？"她问。

"看见什么了？"

"刚才那家伙呀，"齐娅困惑地说，"明明看着像只蜥蜴，可热像仪上显示的却是一个人的身影。"

"齐齐，外面什么都没有，"杰克安慰她，"你想必是做梦了。莫不是那个故事吓着你了？"

"我没做梦！"齐娅急切地分辩道。

"好啦，好啦，"科比打着哈欠，也帮着打圆场，"睡觉吧，早上一觉醒来，你就没事啦。"

一夜的辗转反侧，让齐娅醒得很迟。她刚睁开眼，就听得外面一阵吵闹。她走出帐篷，和煦的阳光迎面洒下来，只见科比和杰克正忙成一团，装行李的袋子被他俩翻了个底朝天。

"好啦,别翻啦,肯定还在这里。"杰克说。

"不在,我都找过了!"科比一口咬定。

"你们说什么呢?"齐娅不解地问。

"我早上起来做早餐,发现我们的干粮全不见了。"科比告诉她。

"我不是说了吗?"齐娅惊叫了一声,"肯定是我昨晚见到的那家伙偷走了我们的食物!"

两名男生仍然认为齐娅睡糊涂了,但他们也不得不承认,食物凭空消失了。三名探员一致认为,从现在起要时刻保持警惕。

"我们今天把汽艇留在这里,步行搜索吧。"杰克对另两名探员提议道,"否则就算找对了地方,汽艇也会把目标吓跑了。"

"好主意,"齐娅也说,"我已经感觉到,今天会有暴雨。还是不下水为妙。"

想到这一天胃里不用再翻江倒海,科比不由得笑了。

追踪蜥蜴人
A Scaly Tale

在他身边不远处,水面上盛开着一朵朵美丽的睡莲,青翠的绿叶间点缀着鲜艳的花朵;不计其数的鸟儿在他们头顶盘旋,阵阵蛙鸣不绝于耳。

放松的感觉真是好哇,现在科比觉得动物的叫声是那么悦耳……

杰克突然猛地拽了他一把,打断了他的思绪。

"脚……千万别放下!"杰克压低声音喊道。

科比的左脚僵在了半空,他低头一看,只见脚下的草丛里隐约露出一只大短吻鳄的脑袋,离他只有咫尺之遥。

科比平时并不怕动物,但这只实在太大了!见鳄鱼露着冷森森的尖牙盯着自己,他不由得倒吸了一口凉气。

7

闪电击中了齐娅

"要不是亲眼见到,我真不敢相信!"退回到安全区域之后,科比仍然惊魂未定,"真是个巨无霸。"

"我们怎么过去呀?"齐娅焦急地问。

大鳄鱼稳稳地挡在了他们的必经之路上,它的尾巴浸在一个混浊的水坑里,前腿则伸进小路另一侧的池塘中。

"别怕,"杰克安慰她,"你还不知道吗,对付动物,我可是行家。"

"我可不敢招惹这些动物!"齐娅战战兢兢地说。

追踪蜥蜴人
A Scaly Tale

"好啦，瞧我的。"杰克说着，弯下腰慢慢地走向短吻鳄，开始用音调单一的话语喃喃地安慰它。

神奇的一幕出现了，鳄鱼很快眯起了双眼，昏昏欲睡。

杰克抓紧时机悄悄地靠它更近，一边伸手抚摸着它的脑袋，一边趁势轻轻地推着鳄鱼，直到它爬进小路另一侧的池塘，钻进水里不见了。

"真神了！"齐娅叹服地说道，跟随杰克来到一片平坦的草坪上。

杰克耸了耸肩。正在此时，一道闪电仿佛一把巨大的钢叉，刺破了灰暗的天空。

"大暴雨要来了。"

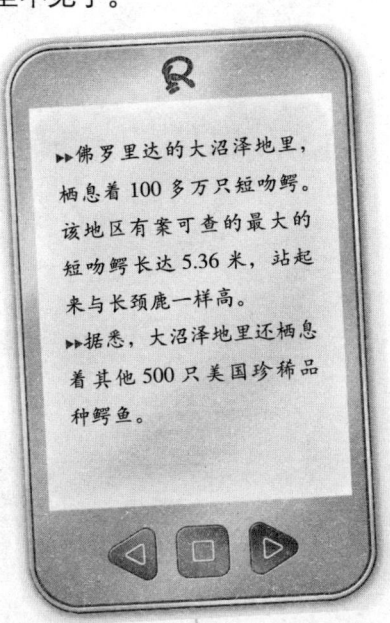

▶▶佛罗里达的大沼泽地里，栖息着100多万只短吻鳄。该地区有案可查的最大的短吻鳄长达5.36米，站起来与长颈鹿一样高。
▶▶据悉，大沼泽地里还栖息着其他500只美国珍稀品种鳄鱼。

57

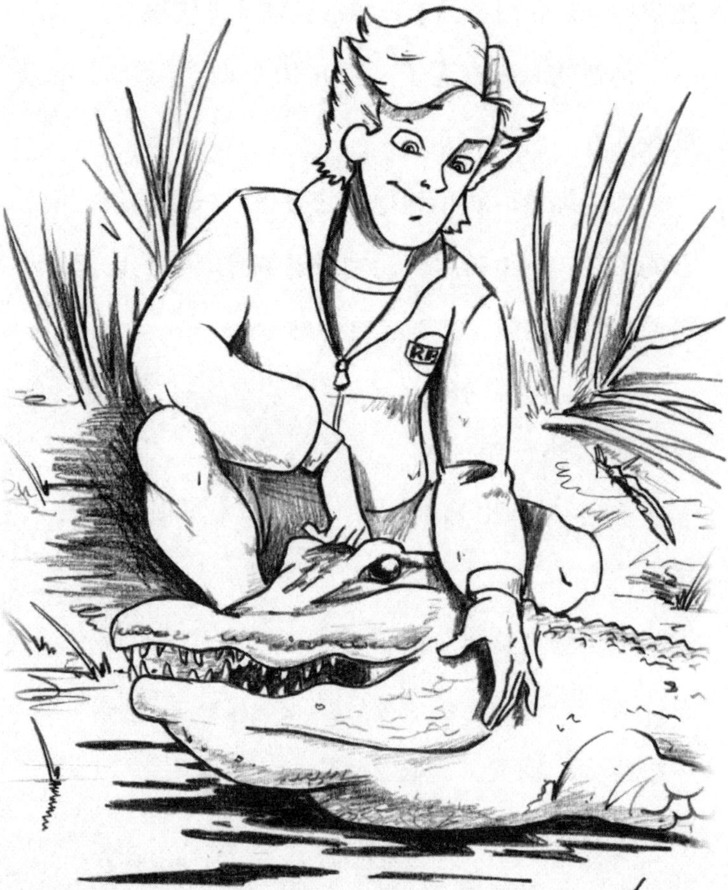

追踪蜥蜴人
A Scaly Tale

齐娅抬头望了望天,静静地说。

说话间,天空乌云密布,大雨如瀑布一般落下来,三名探员身上瞬间就湿透了。

"我们快搭个帐篷躲雨吧。"杰克出了个主意。

"帐篷搭低一些,"齐娅提醒,"让附近的大树替我们避雷。离树近一点儿,但又别太近了!"

科比和杰克看中了一棵大树。他们冒着大雨,七手八脚、不声不响地帮齐娅搭起了一顶帐篷,刚一搭好,三个人就一头钻了进去。谢天谢地,总算有地方能躲过这让人透不过气的暴雨了。

"你看这雨能下多久?"科比问。

"这可没准儿,"齐娅答道,"如果我们是在雨带的边缘,几分钟就过去了。运气不好的话,能下一个下午。"

"真要命!"杰克不由得暗暗叫苦。

他们很快发现,暴雨不仅一时半会儿不会停,反而越下越大,越下越猛。齐娅计算着每次闪电和雷声之间的间隔。

"一个密西西比,两个密西西比,三个密西西比——"听到一声炸雷在空中回荡时,她断言,"闪电离我们只有 1.6 公里远啦。"

追踪蜥蜴人
A Scaly Tale

"你怎么知道的？"科比问。

"雷声的传播速度是每秒0.34公里。"

"我记得你经常会数20下密西西比，可你这次才刚刚数到第3下……"科比不敢往下想了。

"就是说，暴风雨就在我们头顶。"杰克刚替科比说出了他的担心，一个闪电就照亮了整个帐篷。

地动山摇的雷声过后，身边的大树那里传来"咔嚓"一声，紧接着，闪烁的火光和炽热一股脑儿地钻进了他们的帐篷。

杰克探头看了一眼帐篷外的树，只见它被闪电拦腰斩作两段，着起了火。

▶▶佛罗里达州是美国雷电最集中的州，平均每2.5平方公里的土地每年要遭50次雷击。

▶▶1950年的依兹飓风期间，佛罗里达州岩克镇34小时内的降雨量达96.5厘米。

▶▶美国有记录以来的飓风，有36%在佛罗里达登陆。

大雨如注,但却控制不了火势,熊熊的火苗肆无忌惮地吞噬着树干。

"这下好啦,大树断了。"杰克扭头说。

"对了,我们的帐篷支柱是用什么做的?"齐娅连忙问。

"我扛着的时候,觉得像是金属。"科比说着,突然意识到了什么,不由得打了个哆嗦。

如果是金属帐篷柱,一准会吸引雷电,雪上加霜的是,用来避雷的大树现在又断了。闪电要是击中帐篷,里面的人必死无疑。

齐娅拿定主意,把科比和杰克往两边一推,自己一头冲到了外面。他们连声喊她回来,但她似乎铁了心,在帐篷附近站定,伸开双臂,高举过头顶。

"她这是要干什么啊?"杰克不解地问,"她难道疯了?"

"不知道呀,"科比也着了慌,"这样很危险!我

追踪蜥蜴人
A Scaly Tale

们要不要去追她回来?"

杰克还没来得及回答,凭空一道闪电,仿佛一把巨大的钢叉,不偏不倚地击在齐娅身上。

8
食人蟒现身

闪电击中齐娅的瞬间,杰克和科比不由得倒吸了一口凉气。只见她头发根根倒竖,额前的银发绺儿像荧光灯带一样,闪着耀眼的白光。齐娅瘫倒在地时,两个人一跃而起,抢上前想去救她,但她却自己挣扎着爬了起来。

"我没事儿!"她对伙伴们说,"你们待在帐篷里别动。"

"你看起来可不像没事儿的样子!"科比大声喊道。

"别过来!"齐娅厉声说,"我浑身带电,很危险!"

追踪蜥蜴人
A Scaly Tale

两名男生只能在一旁看着,等齐娅的头发慢慢恢复原状,刺眼的银发绺儿变回原本的银灰色。确信身上不再带电之后,齐娅才赶忙冲向帐篷,爬了进去。

"我们还以为你这下挂了呢!"杰克对她说。

"有一刻,我也这么以为。"齐娅实话实说,"我经常怀疑身上的电磁能力可以吸引电流。我在调查局档案中见过有这种本事的人,但我自己从没试过。"

"你这会儿本该给雷劈得外焦里嫩呢!"杰克笑道。

"我们仨本来都有可能给烤焦喽,"齐娅说,"要么就是,你们俩焦了,我好端端的!但我可不想告诉

▶▶护林员雷·沙利文是世界上遭雷击最多的人。雷击灼伤过他的脚趾、腿、胸,还点燃过他的头发,但他每次都幸免于难。他后来索性搬进一间安装了避雷装置的特制住宅居住。

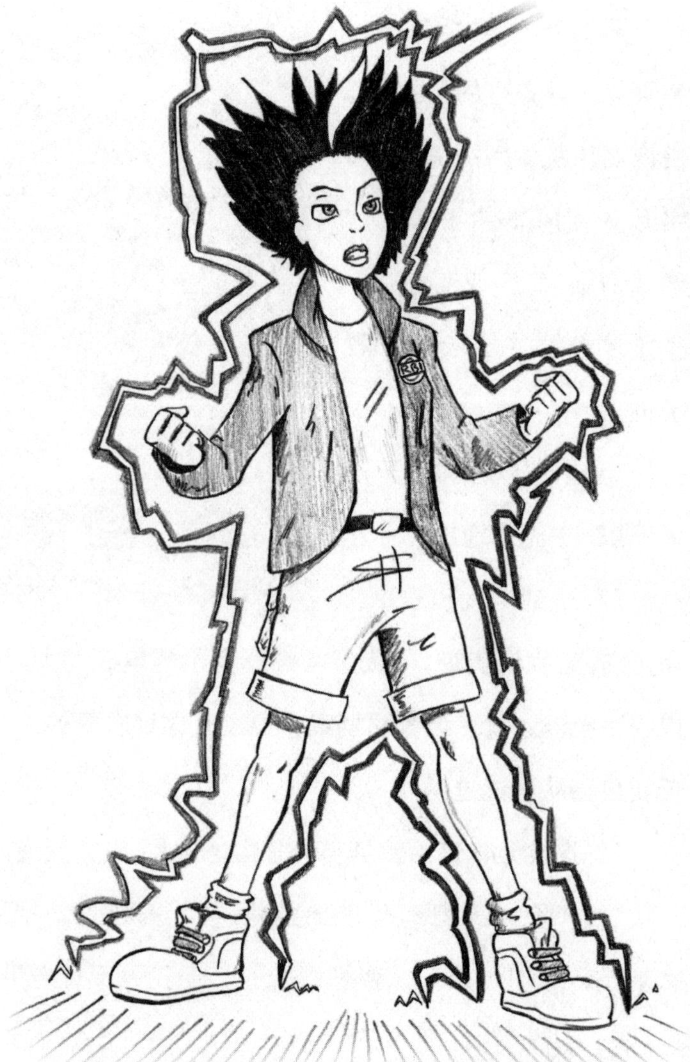

追踪蜥蜴人
A Scaly Tale

凯恩先生,不然他又得物色两个新探员。天快黑了,我饿死了!要是有点儿吃的填填肚子就好了。"

"嘿,瞧我的!"杰克说着,献宝一样地伸出手掌,一只乳白色的虫子在他掌心蠕动着,"瞧,小虫虫。可好吃了!"

齐娅和科比盯着那只甲虫幼虫,它看上去就像一只又白又肥的蛆。齐娅皱了皱鼻子,想象着一口咬下去,它会冒出什么恶心的液体。

"你当它是橡皮糖不就得啦。"科比说着,一把抓起虫子,看都不看就扔进了嘴里。"也不像想象的那样难吃。"他笑着评价道。

在杰克的"沼泽餐厅"吃过晚饭,齐娅仍然不认为自己会爱上这道"虫虫大餐",但她也承认自己饱了,可以钻进帐篷美美地睡上一觉。

第二天早上醒来,科比听见外面有一阵奇怪的响动。一群小小的黑色身影在周围跑来跑去,帐篷紧靠

地面的角落里出现了一个小洞，边缘像用指甲刀裁过似的参差不齐。他正在疑惑，洞口突然探进一个长着大门牙、毛茸茸的褐色脑袋，紧跟着钻进来的是肥大的身体和一条细尾巴。越来越多的小东西随后钻了进来，科比连忙夺路而逃。

"我的帐篷里有老鼠！"科比喊着。他发现，齐娅也正站在鼠满为患的帐篷外。

"我们知道，"她冷冷地回应，"可我们还有更大的麻烦。"

科比小心翼翼地环顾四周，才明白齐娅话中的意思：只见几百条蛇钻出树丛、越过原木、穿过地面，

追踪蜥蜴人
A Scaly Tale

嘶嘶地游向他们,由于它们的皮肤伪装得和背景一色,他一开始没注意到。

"它们从哪儿冒出来的?"科比问。

"它们闻到了老鼠的味儿，出来捕猎了！"杰克的声音远远地传过来。

科比循声四处寻找，但只听见杰克的声音，看不见他的人。齐娅叹了口气，伸出手指了指上面：杰克躲在树上。

"蛇消失之前，他是不会下来的。"她解释说。

追踪蜥蜴人
A Scaly Tale

"你当真那么怕蛇?"科比奇怪地问。

"我知道这很傻,"杰克承认,"刀山火海我都不怕,我也敢尝遍天下的虫子,唯一让我害怕的就是蛇。在这方面,我有童年阴影,我和它们之间的沟通存在一点儿问题。"说到这里,他打了个哆嗦,"我对蛇始终有点儿小怕怕。"

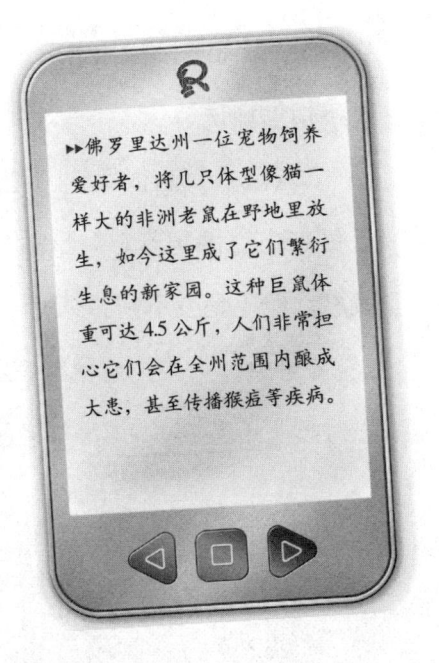

▶▶佛罗里达州一位宠物饲养爱好者,将几只体型像猫一样大的非洲老鼠在野地里放生,如今这里成了它们繁衍生息的新家园。这种巨鼠体重可达4.5公斤,人们非常担心它们会在全州范围内酿成大患,甚至传播猴痘等疾病。

"蛇是来捉老鼠的,可老鼠又是哪儿来的?"科比转身问齐娅。

"老鼠是从这里放出来的。"齐娅指着一个大木箱说道。营地周围还放着三个同样的木箱,其中一个里面还有几只老鼠,正努力从垂直的箱壁爬出来。

"不见得吧,这几个箱子装得下这么多老鼠?"科比不相信地说。

"老鼠的骨骼很柔软,可以装进狭窄的空间。"树上传来杰克的声音,"把这么多老鼠塞进箱子里的确残忍,但不是办不到。"

"可为什么要把老鼠放在我们营地附近呢?"科比一时摸不着头脑,"谁又知道我们在这里呢?"

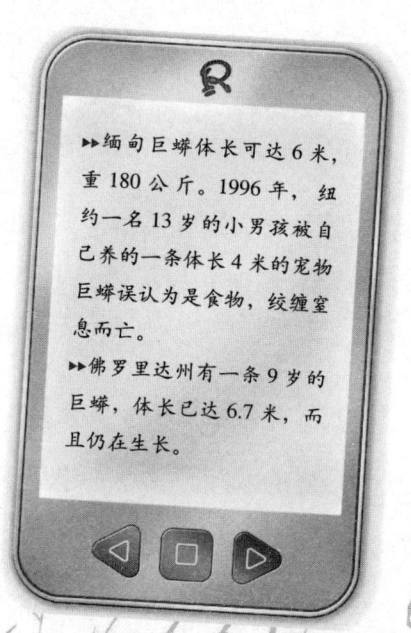

"谎言分析局!"杰克和齐娅异口同声地说,"他们知道老鼠能引蛇出洞。"

"它们是不是都这么大?"齐娅指着一条白地黄斑的大蛇问。

"这是白化种的缅甸蟒蛇,"杰克说,"缅

▶缅甸巨蟒体长可达6米,重180公斤。1996年,纽约一名13岁的小男孩被自己养的一条体长4米的宠物巨蟒误认为是食物,绞缠窒息而亡。
▶佛罗里达州有一条9岁的巨蟒,体长已达6.7米,而且仍在生长。

追踪蜥蜴人
A Scaly Tale

甸蟒蛇不是佛罗里达的本地物种，但有人会买来当宠物养。一旦它们长得太大不适合养了，主人就把它们放生。由于没有天敌，现在它们在野外泛滥成灾，有时甚至会袭击鳄鱼。"

"呃，杰克，"齐娅警觉地问，"它们不会吃人吧？"

"蟒蛇袭击主人的事时有耳闻，"杰克告诉她，"但这一般是因为蛇受到了虐待，或者错把受害者当作美食了。"

"这么说，奔我们过来的那条蛇也没什么好担心的喽？"齐娅指着一条大蟒蛇问。说话间，它正张开血盆大口，挤开挡在路上的小蛇，朝营地迅速爬来。

9
蜥蜴人的真面目

"杰克,快点儿跟它说话呀!"科比想起昨天杰克和短吻鳄沟通的场景,连忙提醒他。

"不行啊,"杰克说,"我对和蛇说话向来没什么信心。不过,我可以试一试。"

杰克深吸了一口气,靠近身边一根树枝上缠着的小蛇,开始对它窃窃低语。说来神奇,不一会儿工夫,蛇就不动了。

"看来管用!"齐娅压着嗓子说。

突然,蛇一跃而起,扑向杰克的脸,吓得他猛一

追踪蜥蜴人
A Scaly Tale

闪身，身体顿时失去了平衡。尽管杰克拼尽全力想要抓住树干，还是失败了。他扑通一声跌到了树下的沼泽地上。

"你不要紧吧？"齐娅关切地问。

"我没事，"杰克答着，用手指扯下沾在头发上的树叶，"不知谁能想个好办法。"

"我现在脑子里一团糨糊。"眼见蛇群越爬越近,齐娅不由得后退了一步。这时,她的身后传来一阵嘶嘶声,她扭过头,发现另外三条小蛇正悄悄包抄过来。"我们还是快想想办法吧!"

巨蟒高高地扬起头,带领蛇群步步逼近"猎物"。眼见它慢慢缠住自己的脚踝,科比的脸都白了。

"别动,"杰克轻声提醒他,"你要是一动不动,它不会伤人。"

"我不动,"科比从唇缝里挤出一句,"你倒是把这话对巨蟒说说呀。"

"听,什么声音?"齐娅惊叫一声,竖起了耳朵。

突然之间,蛇群仿佛是被施了魔法,齐齐扭头看向林子边缘。从林中现出两只绿手,紧接着是一个人类的脑袋,鼻梁扁平,眉骨高耸,一双眼睛射出冷冷的光,皮肤上披着绿色的鳞甲,面相与爬行动物无异,接着匍匐在地、同样披着鳞甲的身体也出现了,最后

追踪蜥蜴人
A Scaly Tale

是两条后腿和一条半米多长的尾巴。

"看上去有点儿像科摩多巨蜥，"科比悄悄地说，"听说它们会吃人。"

巨蜥张开嘴，发出一种奇怪的叫声，齐娅看得清清楚楚，它生着一条叉状舌。巨蟒转过身缠在了它的腿上。那家伙慢慢地爬向科比，科比发现它的眼睛也和爬行动物一模一样，他一时分不清到底应该怕它，还是怕巨蟒。这时，它慢慢地直起身，站了起来。

齐娅倒吸了一口凉气，科比也屏住了呼吸。这个身高近两米的家伙低头看着科比，不知从哪里掏出一块旧毯子。科比闭上眼睛，满以为这家伙会用毯子一把蒙住他的脑袋，将他掳走当晚餐……可是这一幕却没有发生。他睁开眼睛，只见那家伙轻轻地蒙住巨蟒的头，把它从腿上解了下来。

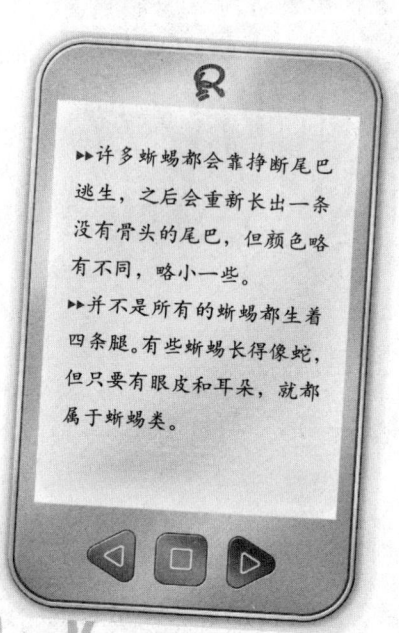

"你们在这儿等着。"那家伙轻轻说了一句，一眨眼就不见了。

信不信由你，他说的

▶▶许多蜥蜴都会靠挣断尾巴逃生，之后会重新长出一条没有骨头的尾巴，但颜色略有不同，略小一些。
▶▶并不是所有的蜥蜴都生着四条腿。有些蜥蜴长得像蛇，但只要有眼皮和耳朵，就都属于蜥蜴类。

追踪蜥蜴人
A Scaly Tale

是标准的人话！三名少年探员大吃一惊，一时愣在了原地。

"我们要找的不正是他吗？"齐娅悄声说。

"我想也是，"杰克答道，"他也太神奇了吧？"

"我们要不要跟着他？"科比提议。杰克与齐娅点了点头。

要说跟踪，科比可是专家。齐娅望向科比，只见他从口袋里掏出热像仪。

"对付他，我看不必动用超能力。"他自信满满地说。

"好主意,"杰克附和道,"这只会说话的蜥蜴应该是热血动物,一准能发出热信号,和我们一样。"

"就像这个,对吗?"科比指着热像仪的屏幕问。

探员们看到一块红斑一闪而过。

"没错!咱们走吧!"

⑩ 林中小屋里的宝贝

三名探员即刻动身，盯着热像仪屏幕上猩红的光斑一路追去。

他们蹚过小溪，跑过茂密的草地，追到一处红树林时，红斑陡然间定住了。蜥蜴人想必是到了家。

科比四下环顾，见密林深处掩映着一座小木屋，木屋上藤缠蔓绕，很难一眼看得到。

他们走上前去，正要寻找木屋的门，林中却传来一个声音。

"我叫你们待着别动，你们跑到这里干吗？"

三名探员循声望去，见蜥蜴人从不远处一棵树上跳下来。

他伪装得非常巧妙。

"我们来找你的呀。"杰克回答。蜥蜴人满腹狐疑地打量着他。

追踪蜥蜴人
A Scaly Tale

杰克三言两语地向他解释了神秘事件调查局的使命和他们这次调查行动的来龙去脉,他还特意指出,为了揭开传闻背后的真相,他们已经奔波好几天了。

"那你们进来吧。"蜥蜴人简短地说,推开了隐藏在重重藤蔓下的一扇小门。

木屋内的陈设令他们叹为观止,仿佛进入了里普利中学的工艺品陈列室。

每一面墙上都挂着难得一见的藏品:一张巨大的鳄鱼皮整整占了一面墙,想必有8米长;紧挨着它的是一副大鳄鱼颚骨,一把古色古香的飞去来器(又名回旋镖、自归器,曾是澳大利亚土著人的传统狩猎工具,猎手

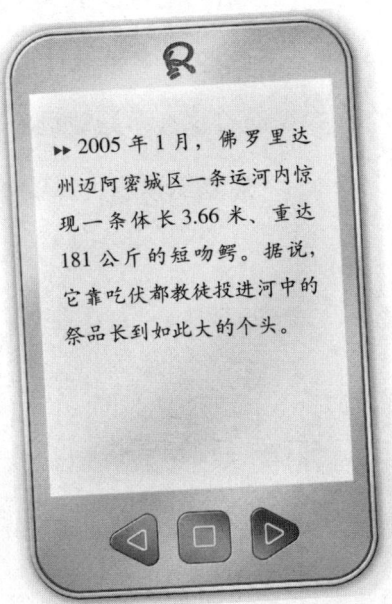

▶▶2005年1月,佛罗里达州迈阿密城区一条运河内惊现一条体长3.66米、重达181公斤的短吻鳄。据说,它靠吃伏都教徒投进河中的祭品长到如此大的个头。

向猎物掷出飞去来器以后，如果没有击中目标，它会自动返回发出者手中。——译者注），一张蒙着巨蟒皮的桌子，以及一大堆网球。

"哇！"科比看呆了，"真不可思议。"

"科比很喜欢工艺品。"齐娅替他解释。

"我能看看吗？"科比问。

"请便。"蜥蜴人大度地说。

"这些网球是做什么用的？"杰克不解地问，"大沼泽地有这么多网球场？"

"短吻鳄逮着什么吃什么，"蜥蜴人解释说，"我发

追踪蜥蜴人
A Scaly Tale

现一只短吻鳄吞了一肚子网球,结果只能浮在水面上,不能下潜。我替那个可怜的家伙做了手术,留下网球做纪念,也免得其他短吻鳄又把它们吞了。"

"那准是一只饿急了眼的短吻鳄吧。"杰克笑着说。

"对了,你们想了解什么?"蜥蜴人问。

"我们想了解你——你是谁,你为什么生了这副模样,你为什么要在大沼泽地安家。"齐娅老老实实地答道。

"我叫乔舒亚·塔克。"蜥蜴人说。

通过他的讲述,探员们了解到他始终难以与人类相处,既不明白如何去了解别人,也没几个人了解他。他学的是兽医,一向喜欢爬行动物,他毕生都在研究和保护这些常常被人误解的温驯物种。

大约10年前,他偶然间认识了塞米诺尔这个种族,发现他们早已经在大沼泽地与大自然和谐相处了几个世纪。

于是他认定,研究和保护爬行动物的最好方式,就是在自然环境中与之朝夕相处(比如说,他们先前碰到的缅甸巨蟒原本不该生活在本地,所以乔舒亚尽其所能帮它们平稳过渡)。

为了更好地融入自然环境里,他尝试整容,并惊喜地发现每一个变化都令他觉得快慰,结果一发不可收拾。他在身上文了绿色的鳞甲,留长了指甲,使双手看起来更像爪子;又把舌尖一分为二,削平了鼻子,最后甚至加了一条尾巴。

说到这里,乔舒亚得意地摇了摇自己的尾巴。

"我花了好一阵子才适应新环境,"他说,"可现在我却离不开这里了。"对他来说,大沼泽地里应有尽有,所以他难得出去一趟。

"当然,我也会时不时地怀念真正的食物,"他说完后微微鞠了一躬,"对不起,是我偷偷拿走了你们的干粮。"

追踪蜥蜴人
A Scaly Tale

"我就说昨晚上我看见什么东西来着！"齐娅总算能证实自己的说法了。

为了撰写报告、充实里普利数据库，杰克详尽地向乔舒亚询问了需要了解的信息：他的年龄、体重、身高，以及非同寻常的特征（明显的除外）。

科比则贪恋地观赏书架上一件件令人叹为观止的工艺品。

突然，书架后面一件独特的物品吸引了他的注意：这是一具疙里疙瘩的小雕像，充满了原始风味，它长约45厘米，蒙满了灰尘。

"我认为，这就是工艺品教室遗失的美人鱼标本！"他告诉齐娅。

他小心地捧起这只风干了的动物，脑海中随即闪现出一幅幅画面——这件工艺品在悠长的岁月中如何辗转易主，与它接触过的那些人的音容笑貌。

只要摸一摸，就能知道一个人或一件物品的来历，这是科比一项无人能及的本领。在这具遗骸身上，他的本领毫无例外地派上了用场。

"我能感觉到里普利的模样，"他说，"他久久地捧着它。这一准是那件失落了的工艺品。"

三名探员与乔舒亚告了别，答应保持联系，然后赶回里普利中学，向凯恩先生和里普利先生汇报调查结果。

11 信不信由你

"我真不敢相信,乔舒亚这么爽快地就把美人鱼送给了我们。"科比说。

"他是一个好人,"齐娅说,"别人却认为他是个怪物。太可恨了。"

"你第一次看见他时,不也认为他是个怪物?"杰克逗她。

"我压根没看见他好吧,"齐娅分辩说,"要是看见了,我无论如何都要送给他一点儿食物的。"

"你可别忘了,他还说他很高兴能进入里普利的数据库呢！"杰克说。科比和齐娅哈哈大笑。

"下次我们去佛罗里达，还要给人家带真正的食物呢。我们已经亲口答应他了！"齐娅说着。

现在，他们已经安全地回到了位于拜昂岛的里普利中学，正在眉飞色舞地向其他少年探员分享这次任务的经历。看得出来，他们对蜥蜴人乔舒亚很感兴趣。

追踪蜥蜴人
A Scaly Tale

"哇,"马克斯望着科比带回来的宝贝,艳羡地说,"这就是那件失踪的工艺品啊!"

"它现在回来了。"科比笑了,"我知道应该送它到哪里。说真的,我恨不得立马就把它送到那儿去。"

凯特陪科比来到学校的"礼堂"。这里陈列着罗伯特·里普利在环游世界的途中收集来的各种奇珍异宝。

"这个底座一直空着。"科比说着,掸了掸希腊圆柱形底座凹槽上的灰尘。

"看起来,咱们拿回来的这个新,呃,新玩意儿,能与这个底座契合得天衣无缝。"凯特边对比边说。

科比将美人鱼小心地放进底座。

"哇!"凯特见两者正吻合,不由得发出一声惊呼。

这时,从底座下面"砰"的一声弹出了一个小抽屉,吓了他们一跳。

凯特伸手进去,掏出来一封信和一个红黄相间的精致铁盒,然后把信大声地朗读了出来:

致我的追随者们：

如果你们发现了这封信，说明你们没有辜负我的希望，已经踏上了探索的征程！

我相信你们知道，我是个所谓的探险家，旅途中酷爱收藏奇珍异宝。这些东西，在学校里多半都能找到。

不过，有几件非同寻常的宝物，不能轻易落入别有用心的人之手。有人想从中作梗，阻挠别人了解神奇的世界（尤其是一个自称"谎言分析局"的机构）。如果你们已经成为这个神奇世界的笃信者和捍卫者，那么，我的宝物就应该重见天日了。

我藏起来的第一件工艺品让你们见到了这则信息，这封信会指引你们发现第一条线索。它和另外四条线索将揭示下一件宝藏的方位。希望你们不辜负我的希望，拥有与我一样的冒险精神！

信不信由你，这些线索只要你们亲眼见到，就肯定会看出其中的端倪。不过，也请你们做好心理准备，沿途会有许多意想不到的神秘事件，等待你们一探究竟。

开始捕猎吧！

Robert Ripley

追踪蜥蜴人
A Scaly Tale

科比和凯特带着罗伯特·里普利的信和铁盒回到了调查局基地。

"我的系统中没有这些神秘工艺品的相关资料,"里普利的全息影像告诉他俩,"但这封信的笔迹与我们保存的里普利手迹十分相似。"

科比兴冲冲地打开铁盒,向大家展示里面的一张照片:罗伯特·里普利站在雪地中央。照片是黑白的,但依然能清晰地分辨出他头顶上空的北极光。

"这张照片能提供什么线索?"凯特疑惑地说,"这不过是里普的一张雪景照罢了!"

"那不是企鹅吗?"齐娅指着照片上的一个小黑点问道。

"你傻呀,"杰克说,"企鹅生活在南极,这里可是北极。你难道没看见北极光?"

"呃,我还以为它能帮得上我们的忙呢。"齐娅失望地说。

"里普不是说了，还有别的线索吗？"马克斯提醒他们，"一旦发现别的线索，这个疑问说不定就能迎刃而解了。"

"说得倒是轻巧，我们也得知道要去哪里找另外四条线索呀！"李蓉不满地发了一句牢骚。

凯恩先生适时地出来解了围："我们的主要任务，仍然是丰富里普利的数据库，保护现有的资料。大家最好少安毋躁，还是像往常一样执行任务，在这期间，你们说不定就能发现别的线索，因为你们会追随着导师的脚步远赴天涯海角的各个角落。不过，我们首先还是要完善数据库。这毕竟是神秘事件调查局存在的意义和使命。"

"总之，我们一路上多留点儿神就是啦！"杰克乐观地做了个总结。

"那当然喽，"凯恩先生表示赞同，"说到这里，凯特、李蓉和阿列克，我有一项新任务交给你们去办。

追踪蜥蜴人
A Scaly Tale

里普利掌握了一条新信息……"

在凯恩先生为其他几名探员布置任务时,马克斯和科比则满脑子都是寻找工艺品的事儿。科比一门心思地想着等待他们发现的新工艺品是什么,里普利藏起它们想必是有什么非同寻常之处;至于马克斯,一想到要去寻找宝藏和探险,他就跃跃欲试。当然,每一次任务都是在探险,但这项隐藏任务又为其平添了一分悬念。他不由得想起了里普利在信里的话——

"开始捕猎吧!"他细细咀嚼着这句话,意味深长地笑了。

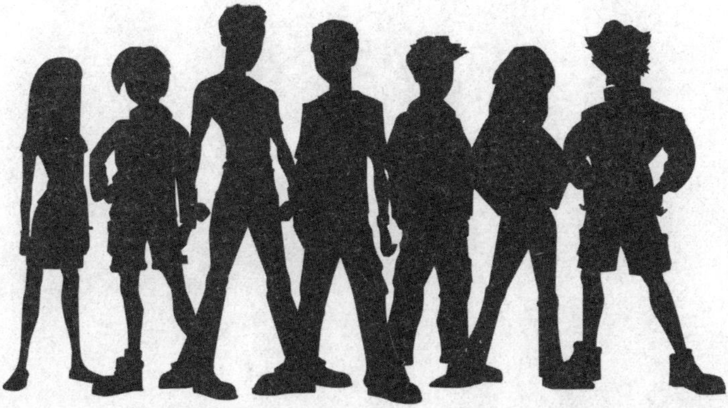

欢迎参与神秘事件调查局的下一次历险之旅！
神秘事件调查局2
《神秘的"龙三角"》

地点： 日本东京湾

任务关键词： 海龙王　超级机器人

日本东京湾海岸出现了一种神秘怪兽，据说，它每次出现都会伴随着弥天大雾，所到之处均遭到肆意破坏。少年探员们奉命前往调查，他们没想到的是，此次日本之行将揭开一个奇怪发明家的身世，他们自身也将面临生命危险……这个任务是否和神秘的"龙三角"有关？那只狂暴的怪兽，真的就是传说中的海龙王吗？追随神秘事件调查局的脚步，你就将发现谜底！

▶▶ 附录 1 里普利数据库任务记录

档案号： 22651

任务摘要： 信不信由你，有人在佛罗里达州大沼泽县亲眼见到奇怪的爬行动物。调查这些传言是否准确，为里普利数据库收集真凭实据。

代号： 蜥蜴人

真名： 乔舒亚·塔克

地点： 美国佛罗里达州

年龄： 39 岁

身高： 1.86 米

体重： 82.55 公斤

不同寻常的特征：

身上文了绿色的鳞片；叉状舌；扁平的鼻子；身后接了一条灵活的尾巴；眼睛用不易褪色的晶状体文成了黄色；额角皮肤下有移植填充物，形似两只犄角。

任务探员：

杰克·史蒂文斯、齐娅·门多萨、科比·夏库尔

里普利数据库已载入！

▶▶ 附录2 "信不信由你"真实案例

案例卷宗号：001

豹 人

汤姆·莱帕德以"斯凯岛豹人"闻名于世。他出生于苏格兰，将全身都文上了豹纹。有关他的记述如下：

▶▶ 豹人在斯凯岛一座用树枝和石头搭建的小屋里一住就是15年。
▶▶ 在2008年搬入一座正常寓所居住之前，豹人一直在小河中洗澡。
▶▶ 他的文身面积达99%，只有脚趾缝和耳朵里的皮肤没有文身。
▶▶ 豹人每周都要划将近5公里的独木舟，到附近的镇上采购一次日用品。

（图片来源：伊恩·沃尔迪/雷克斯·费泽斯）

案例延伸：大沼泽地

▶▶ 佛罗里达大沼泽是一片广袤的浅湿地，栖息着大量凶猛的短吻鳄以及外来物种缅甸巨蟒。

▶▶ 1979 年，科学家在大沼泽地发现了一枚 1 万年前的武器，与目前所见到的飞去来器十分相似。科学家同时认为，在类似地理环境下，尸体也能在潮湿的地下完好无损地保存几千年。

▶▶ 2000 年，一名男子在大沼泽地迷路，为了免于沦为短吻鳄的口中餐，他整整敲了一夜树枝以震慑它们，最终苦撑至获救。

▶▶ 2006 年，一名男子驾驶喷气式滑水橇在佛罗里达州萨旺尼河上遨游时，被一条突然蹿出水面、长 1.22 米的鲟鱼撞晕。
▶▶ 2007 年，一名摄影师遭一只短吻鳄恐吓后，在大沼泽地迷路长达 53 个小时，没有水，也没有食物。搜救人员最后在离她的车 1.6 公里处找到了她。
▶▶ 奥基乔比湖位于大沼泽腹地，面积是迈阿密市的 20 倍。
（图片来源：© 约翰·安德森—Fotolia.com）

案例卷宗号：002

猫 人

"猫人"原名丹尼斯·阿夫纳，来自美国内华达州，他通过多次整容手术，将自己整成一只老虎模样。有关他的记述如下：

▶▶ 猫人将自己整成动物的容貌，他说这是为了遵循美洲土著民族古老的传统。
▶▶ 猫人从 23 岁开始迷恋猫科动物的一举一动和习性。
▶▶ 猫人在全身文满了同老虎一样的条纹。
▶▶ 他通过整形手术重塑了自己的上唇，又装了一对尖耳朵、八字胡须，以及两颗真正的虎牙。

案例延伸：短吻鳄

▶▶ 短吻鳄与鳄鱼是仅有的两种会叫的爬行动物，它们的吼声老远就能让听到的人或动物毛骨悚然。
▶▶ 美国前总统约翰·昆西·亚当斯曾将一只鳄鱼当宠物，在白宫东厅养了好几个月。
▶▶ 用指尖按住一只短吻鳄的眼球 30 秒，就能将它催眠。
▶▶ 冷冻快餐的发明人克拉伦斯·伯宰曾试图冷冻一整只短吻鳄。
▶▶ 2005 年，一只体长 1.8 米的短吻鳄在佛罗里达州大沼泽地里被一条 3.96 米长的巨蟒囫囵吞下。它剧烈挣扎，在巨蟒的肚里撕开一个洞，被吞的短吻鳄也没能幸免一死。

（图片来源：© 厄尔·罗宾斯—Fotolia.com）

案例卷宗号：003

蜥蜴人

埃里克·斯普拉格是美国纽约州的一名艺人，他耗费数年时间将自己整形成一只蜥蜴的模样。有关他的记述如下：

▶▶ 埃里克一向喜爱蜥蜴，拥有与蜥蜴一样的容貌是他一直以来的心愿。

▶▶ 他第一次整容是18岁那年穿了一个耳孔，从此一发不可收拾。

▶▶ 他如今有一对拉长的耳垂、一条叉形舌、尖利的牙齿，全身文着鳞片状的绿色文身。

▶▶ 埃里克还在头上植入了硅胶假体，用以模仿蜥蜴疙疙瘩瘩的皮肤。

▶▶ 附录3 神秘事件调查局
　　　　　粉丝团招募测试（1）

测试题1：涂一涂，猜一猜

勇敢的少年探员们又要出发了，这一次会有什么样的危险任务在等待着他们呢？请仔细观察下面这张线稿图，并完成两个任务：

1. 根据你的想象，为这张图涂上颜色；
2. 请猜猜看，探员们这是在什么地方，他们驾驶的是什么交通工具？

_____
_____
_____
_____
_____

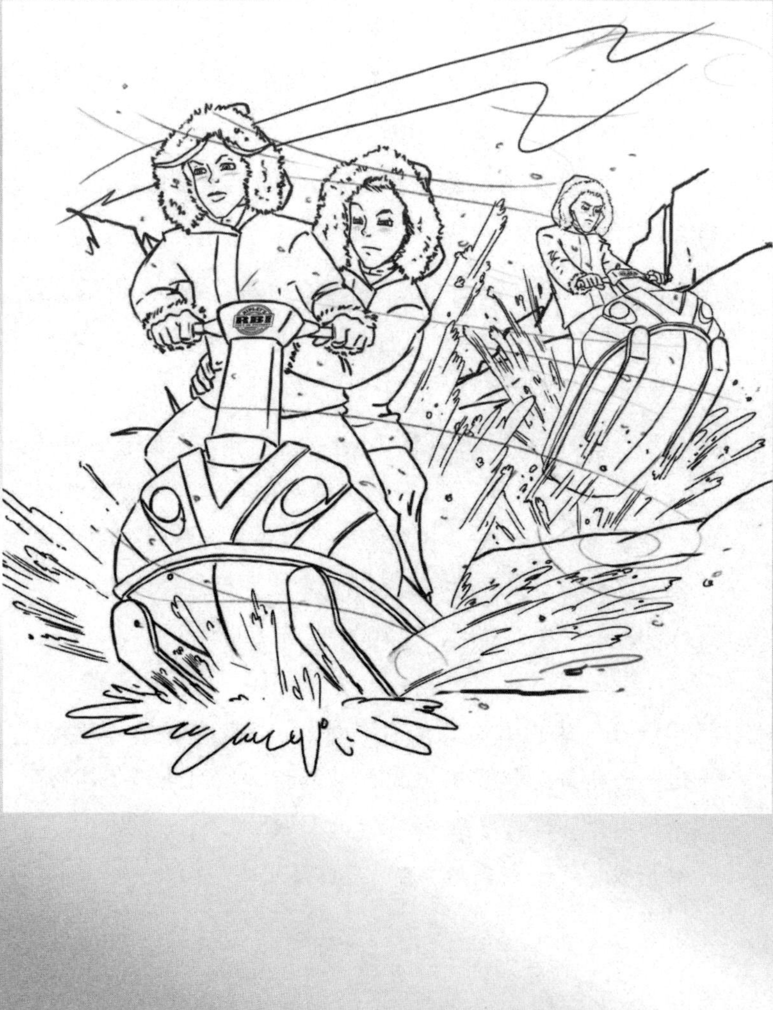
RBI

测试题2：关于里普利的这些事儿，你知道吗？

要成为神秘事件调查局粉丝团的成员，当然要对调查局的创始人——罗伯特·里普利多些了解啦！现在，发挥你的调查天赋，迎接成为粉丝团成员的终极挑战吧！信不信由你，你将发现，这个世界上的奇闻怪事比你想象的多得多！

你可以通过网络搜寻以下问题的答案，当然，有些问题的答案已经隐藏在本书中。准备好了吗？答题时间开始啦！

1. 在罗伯特·里普利所在的20世纪上半叶，人们普遍用纸质信件的方式交流信息，而里普利则是世界历史上收到信件最多的人之一，多得连当今的许多大牌明星都自叹不如。那么，里普利一天平均能收到多少封信件呢？
   A 1000   B 5000   C 8000   D 12000

2. 2013年，国内首家"信不信由你"博物馆在上海开馆，这是全球第6家"信不信由你"博物馆。那么全球第5家"信不信由你"博物馆位于哪里？
   A 伦敦   B 拉斯维加斯   C 济州岛   D 台北

3. 美国佛罗里达州的大沼泽地里，生活着许多野生动物。除了短吻鳄和缅甸巨蟒以外，下列哪两种动物也生活在那里？（此题为多选）

   A 熊　B 大象　C 老虎　D 美洲豹

4. 在本书中，蜥蜴人在自己的小屋里收藏了一大堆网球，原因是以下答案中的哪一个？

   A 他特别喜欢打网球

   B 大沼泽地里有很多网球场

   C 他用网球来吓唬鳄鱼

   D 网球是从一只鳄鱼肚子里取出来的，他担心又被其他鳄鱼当成食物吞下去完成以上两个测试题了吗？请扫描本页下方的二维码关注我们的微信公众号，并将你的答案通过拍照的方式发送至我们的微信，就有机会成为神秘事件调查局粉丝团成员，获得珍贵的探员徽章！集齐第一辑6册，并完成书后的所有测试，还有机会赢取更多来自海派·鲍勃猫的神秘大奖哟！

中资海派出品

更多个性服务，尽在海派鲍勃猫微信平台